想象另一种可能

理
想
国
imaginist

巫 鸿

WU HUNG

豹　迹

与记忆有关

上海三联书店

巫鸿，美术史家、艺评家、策展人，美国艺术与科学学院院士。1963年考入中央美术学院美术史系学习。1972年至1978年任职于故宫博物院书画组、金石组。1978年重返中央美术学院美术史系攻读硕士学位。1980年至1987年就读于哈佛大学，获美术史与人类学双重博士学位。随即在哈佛大学美术史系任教，于1994年获终身教授职位，同年受聘主持芝加哥大学亚洲艺术教学，现任美术史系和东亚语言文化系"斯德本特殊贡献教授"、东亚艺术中心主任及斯马特美术馆顾问策展人，美国古根海姆博物馆亚洲艺术委员会委员，华侨城当代艺术中心馆群（OCAT）学术委员会主席、OCAT深圳馆和北京OCAT研究中心名誉馆长，新近荣获2022年度美国高校艺术协会（CAA）艺术写作杰出终身成就奖。

目录

自序 影子与记忆

　　每个人都有过比恒河沙数还多的影子。在流动的时间里，变化的光线下，移动的表面上，影子消失和出现，拉长和缩短，永不休止地把血肉之躯转化为透明的平面。它们没有过去和将来，仅属于此时此刻。它们没有实体，总附于造就它们的环境和身体，但又转瞬消失，不留踪迹。

　　影子不是第二自我，不能从人体切下作为储存对象，像村上春树想象的那样。我们可以同样谈论记忆——真实的记忆也无法从人身割下，保存和收藏。一个人的生活含有和影子一般多的瞬间经验，它们随时发生和消失，永远属于当下，因此没有时间性。它们仅属于自身存在的时刻，只与此时此地的身体和环境相关。它们与知觉和思想同步发生，但不具备反观的能力。

　　以文字重现这些瞬间犹如以线条勾画逝去的影子，是件令人担忧的事情。把瞬间连接成真实发生过的事件更有自欺欺人之嫌，因为对往昔的复述只能是重构，而重构必然是当下的行为，投下的是当下的影子。写下来的记忆不再是记忆，它已经变成符号，附在纸上，存在电脑里，被固定和物化。就像影子被刻在石头上，不再移动，不再消失，不再透明。回忆录中的"我"是他或她的代称，越真实越成为记忆的墓碑。这可以解释为什么中国古人不画影子——唯一的例外是（传）乔仲常的《后赤壁赋图》首段，但那里描绘的是苏轼的诗句而非画家的感知。中国人太聪明了，从来就懂得绘画不能复制业已消逝的东西。

　　在我知道的作家中，木心对撰写回忆录有着特殊的警觉。当被问到是否有计划进行这类写作的时候，他说："我也在等待那一天。我必须等到能把自己当作另一个人的那一刻，等到自我消散的时候。"我对此的解释是，对木心来说，回忆录必须超越具体的个人存在，因而才能获得文学艺术的"第二层意义"（见本书《木心的记忆》）。但他的话并非是应治百病的药方，而是证明回忆录不可能是记忆的简单复述。

　　这也是本书的出发点，但其写作自然修正了木心的立场：我们不再等待，不再等到把自己当作另一个人的一刻。之所以不需要等待，是因为不必把"记忆写作"——此处的一个造词——等同于回忆录。回忆录已是一个文学体裁或类型，记忆写作则源于突破这个体裁和类型的欲望。作为具有创造性的经验重构，它同时激起追忆和想象，以现下的我召唤出过去的我，在复述之中提炼出叙事、形象、线条和色彩。它呈现给读者的既

不是往昔本身，也不是小说式的全然虚构。有的记忆写作可能
与现实贴得很紧，有如对事件的复述，但不以此为目的；有的则
以诗意情怀捕捉难以复制的感觉，如一缕气味、一段旋律引起
的悸动；有的更融合历史研究和观念思考，因此模糊了与学术
写作的界限。这种种对类型的背离，对更为自由和开放的记忆
写作的追求是本书的主旨，我因此不叫它"回忆录"，而把它称
为"与记忆有关"。

巫鸿

2021 年 6 月于芝加哥

艺　术

豹迹

　　按：这是一篇想象性的回忆。其中提到的时间、地点和历史都无足备考，但传达的却是一次实际经历中的真实感受。

　　1978年我从故宫博物院回到久别的中央美术学院美术史系，开始新的一轮学习。下一年全系学生前往新疆进行石窟考察，在克孜尔石窟从事了长达两个月的登记、临摹和摄影。我的工作是和老朋友暨新同学王珑一起，按窟号为所有能够找到的建筑和壁画遗迹拍照，即便地面和颓墙也不放过。我们钻进深谷，登上峭壁，溯至溪流之源，看到正午蓝天中的七彩佛光。四十多天后，一种不知名的病症渐渐在体内蔓延，点点滴滴地吞噬我的精力，疲惫我的肌肉，最后使我卧床不起。一辆摇晃的卡车把我拉到库车，在那里等待偶尔开通去往乌鲁木齐的飞机。

　　十几天中我仰卧在县招待所的一架木床上凝视着灰色的天花板，窗外传来的维语叫卖声告诉我一天的来临和结束。如同疲惫的身体，时间也软化成无形胶质，黏黏的，拒绝流动。幻想和梦魇此起彼伏，融化着相互的边界。几天后我开始记下脑中的意象，逐渐形成这篇短文。我把它作为本书的首篇，因为它与回忆录的常规模式距离最远，也因为当我此刻重读此文，所感到的是对记忆的记忆。

1902年，我结束了关于古代中亚伊兰语系的研究课题。格隆威德（Albert Grünwedel, 1856—1935）和勒·库克（Albert von Le Coq, 1860—1930）的考古业绩强烈地吸引了我。从他们发表的残编断简中，我看到遥远而辉煌的中国古代西域文明尚

有大规模保存下来的可能。沿着古罗马人、波斯人、印度人、吐火罗人以及内地汉人走过的道路，把书斋知识复归实物，再重新蒸馏成更纯净透明的几行文字，这种前景令我着迷。当时博士院步履艰难的老爷们也正在物色一位有骑骆驼癖的书呆子替他们参加这轮竞赛。于是我很容易地得到了一笔为数可观的研究金。日以继夜地设计好庞大的"Q"形计划，当年秋季我就奔向那被称作"西域"或者"支那土耳其斯坦"的地方。到了来年夏天，我已经走过几千里沙漠和戈壁，走完了Q字的尾巴和大半个圆圈。从敦煌开始，直插高昌，然后是楼兰。沿着昆仑北麓茫无际涯的塔里木盆地的陬沿，我经过尼雅、于阗、莎车，到达疏勒。于是再向东，一路北望夏日积雪的天山，走上丝绸之路的北道。我的记事本上依次留下了七八个著名古代王国的名字，三个大木箱已装满几十处古城、洞窟、庙宇的测绘图和记录。我决心摒弃实物，因为跟随我的并没有一列火车。我宁可把花费十天半月挖出的雕像和文书描摹下来之后再深深埋回原处，因为它们不过是粗糙未经加工的原料，是木箱中科学记录一经存在就会消失的幻影。如今我已到达了古代的龟兹，再往前就是Q形的起点或终点。我已欣赏起心中滋长着的功成名就的感觉，甚至开始回顾品味那些曾经把我变成荒原野兽的无数苦难。总之，计划无误。我设计的不是道听途说的游弋，而是铺毡轰炸式的围猎。那三大箱中的每个字都可以做成一篇论文，也都可以轻易驳掉这之前的若干雄辩。我可以躺在这些记录中度过余生，

一边微笑睨视那些被驳得体无完肤的教授们青紫斑斑地钻进我身旁的纸堆中去寻找慰藉。因此，无论什么新的发现都不过是将三大箱变成四大箱。自然，我将勤奋一如既往，记下每个尺寸，每则细节。"把握一切"始终是我最信服的学术箴言。

　　尽管如此，当我在库车遇上捎着一支自造猎枪、挂着一把骨柄猎刀的尼牙孜老汉，当我摊出一堆石窟、废寺、古城的样品照片请他引导我走向相似的任何一处的时候，我仍然感到一种莫名其妙的激动。因为这位老汉用那双藏在无数裪褶中的锐利小眼盯着我，掂了掂我自买来未发一弹的短枪，宣布他"正

要去"那里。那是一座"Ming-Oi"——明屋，比我所有的照片
"更大、更美"。我问他这座明屋叫什么名字。他悄声说："密特
拉。"据我所知，这个字在维吾尔语中并无实意，然而古吐火罗
语的意思却是——"天堂"。

　　我们越过一带叫作雀儿塔格的山脉。"塔格"当然是
"山"，"雀儿"在汉语里的形象那样小巧，维语中的意思却是
"荒凉"。但当我爬行其间，它在我心中的印象又何止是荒凉。整
条山脉由无数巨大岩板叠成。岩板倾斜抵立，折裂的断面被风
雨磨锉成尖锐的锯齿，交错吞啮了一切可见的生物，甚至苔藓。

我不知是什么时候、什么力量造成了这场悲剧。盲目地随着尼牙孜和我的两头驴子，我行走，被眼前的情景与老汉的无言弄得惶恐不堪。然后，我们渡过了白沫湍腾的渭干河，一步步离开河边，走入白骨粼粼的平坦戈壁。踏着灼热的石块，迎着昏黄的落日，我们走着走着。在戈壁滩上，那落日似乎永远无情的静止，而我也再无力掏出指南针查看。仅仅是根据太阳，我发现我们兜了一个大圈，又回到隐约可见的雀儿塔格对面。地势渐高，戈壁消失，代之以坚硬的沙丘。沙丘被雨水切割出一道道巨大裂口，深不可测。我不知道它们是通向谷底或是地心深处。每到这些裂口边，驴子仰首绝望长鸣，而我们也就必须绕到裂口的终点，再往前进。

终于，在进入戈壁滩后第三天的傍晚，当我已经落在尼牙孜和驴子后面二里之遥，我远远看见他们静静地停下来再无行意。我看见他们面前横着一条更巨大的裂口，再往前走似乎就会飘到重新面对的雀儿山上。消失了跟上他们的最后一点力气，我仰倒在坚硬的还留着灼人热气的沙丘上，蒙眬中知道自己被尼牙孜老汉扶上驴背，驮到另一头驴子呆呆伫立的地方。我看见老汉的嘴无声的张合——"密特拉"。于是我侧过头，看到沐

浴在火红夕阳中的一带河谷。

　　"密特拉"——我们面对的不是一条黑黝黝的裂缝，而是一道百米断崖，崖下辉耀着银光的河水，然后是对岸的雀儿塔格。就在脚下这道断崖上，层叠密布着大大小小的洞窟，使得两公里宽的岩壁几乎变成一间庞大的蜂房。甚至在蒙眬中，我意识到这个发现的惊人，意识到整个西域学研究甚至会因之发生转折。因此，当午夜时分摸到谷底，黑暗中我仅在记事本上写下四字："我来到此"，便被万籁俱寂的黑夜包裹住，沉沉睡去。

§

　　我称它为"天堂谷"，因为如果有天堂，有净土，有极乐世界和其他一切人们渴望的归宿，那一定就是这里。它把宁静幸福之感透过不可知的幽微途径充满我的身体。清晨我听见布谷鸟鸣叫，发现自己睡在一片如茵绿草之上。几朵蓝色野花搔着我的脖子。两只小鸟在伸手可及之处悠闲行走。紧傍岩下，几十棵大树连成一体，千丛万枝，横生侧出，纠结成一片浓密林荫。树叶中布满细小果实，散出浓郁的蜜香，我相信它们当然是佛教圣树菩提。这里没有灰褐的麻雀，只有洁白尾羽的山莺。泉水淙淙，略带苦涩而清凉无比。当然有毒虫野兽，我马上看到一条红斑蛇扭着身子游过草地。但它运动得如此安闲，使我止不住怀疑它也许宁静而具有理性。几天之后，我在山顶上看见了

"佛光"。那是正午碧蓝天空中的一片云霞，焕发着赤橙黄绿的光芒。渐渐，青紫的部分愈益晶莹透明，使这片云霞变成蓝天中悬挂着的一块更加碧蓝的宝石。唯一奇怪的是尼牙孜到这里后却本性全失，整日里伛着腰在树丛中搜寻，胡子中间的鼻孔张成两个大大的黑洞。我劝告他最好不要在此地滥行捕杀，但他仅仅给我以恶毒的一瞥。好在他不久就转向我视线不及之地。

这是天堂，当然也是美术史学的天堂。我登上山顶，看到河谷在这里膨胀成一轮肥大的半月。半月的弯边是我脚下石窟所在的砂山，直边则是面前的渭干河以及对岸傍河壁立的雀儿塔格。两岸山脉在半月的两端会合，像两把尖嘴钳紧夹住湍急河水。我看着河中心突然翻出白色浪花，看着飞鸟在河谷间急速鼓动羽翼。人类如果想从那里进入，除非也变种生出更有力的肉翅。于是，一切动人景色化作一个考古学的结论：这些石窟一定已有几百年未曾受到芸芸众生的触动。

而且那是些什么样的石窟啊！从东向西我钻进一个个窟编号测量，往往兴奋得手足发僵。那么可爱的壁画，绘满支提（梵语，指带有中心柱的石窟）的四壁、屋顶甚至地面。这些券顶石窟不同于印度的支提，也不同于云冈和敦煌。它们虽然大都略偏狭小，但却更为精致充实。进门后你将面对前室正壁的佛龛，龛中安置佛像，周围飞翔着伎乐天女。两壁大都是《释迦说法图》。凡百菩萨天人、比丘弟子簇拥在佛祖周围，甚至俯身亲吻佛的足迹。券顶满绘菱形山纹，每一菱格中描绘本生故事。我辨识出骑象奔驰的大光明王，舍身饲虎的须大拿太子，身作渡桥的圣洁猕猴。其他几十种故事从未见于汉藏经典，看来得花上十几年甚至几十年工夫去搜求它们的来历。正壁佛龛两旁各有一个小小拱门，与后室连接成一条 U 形的狭窄通道。甬道后壁或塑或绘巨大的卧佛和举哀弟子，还有焚棺、分舍利等释迦涅槃以后的故事。这种甬道在佛经中称为"右旋"——礼拜过前室"活着的"佛陀，信徒们便鱼贯进入佛龛左方的甬道，经过涅槃，从右方回到宽敞的前室。于是他们体识了从生到死、死而复生的历程。我赞叹着如此巧妙的安排，在这狭小的窟室中，一切的色彩、明暗、空间引导人们去做这番今世永远无法企及的旅行。我惊讶一种宗教居然具有如此容许人们选择的勇气，在充满血肉、弹力的裸身菩萨与僵直死寂的涅槃佛陀之间，在金碧辉煌与阴暗清冷之间，在今世与来世之间，人们将做出自己的选择。

更多的是毗诃罗窟，僧侣居住的地方。蛛网委地，烟炱积墙。我在这里找出了几十种吐火罗文、梵文、斜体笈多文的残经和账本。此外就是方形禅窟。令人吃惊的是，这些清净坐禅之处却往往精心绘制巨幅"娱乐太子"或"王观舞乐"等图像。那些比支提窟中裸身菩萨更加赤裸的宫娥舞姬，耸着丰满臀部，托着肥大乳房，斜倚在沉默王子的身旁。但当我久久凝视，我明白了为什么这种画能画在这里：她们没有打动我，没有打动达摩太子，也就没有打动那些僧人。我想起龟兹沙门食荤，京中置女市，得钱入官以资佛寺。那么这巨大石窟修建时也一定使用了"女市之钱"。这对中国内地那些瘦骨清像的佛爷们真是绝大的讽刺，因为从佛教艺术的传布说来，这里无疑是敦煌、云冈的第二代祖宗。若是追溯到第一代祖宗印度，那里的宗教画在它的后裔看来实无异于春宫。但是，这却没有妨碍这三者都成为绝顶成熟的艺术。有时，工作之余，我不禁要讥讽这成熟艺术过于精致以致无力。那些男供养人，甚至罗汉，同样模仿着女性的妩媚，把重心放在一只脚上斜耸臀部。千篇一律的铁线描似乎只对一个理想人体精确地复制。有时我禁不住妄想亵渎神明，用角规比画那些无处不在的赤裸乳房，发现它们都圆得出奇，于是也就更加不信任它们。

　　这样，白日里我忙于爬上爬下，晚间——这里暮色的降临比云冈晚三个小时，比敦煌晚两个小时——当十一点落日余晖渐渐消退，我就在油灯旁边整理思考铺满帐篷的材料。天堂谷星空灿烂，猎户座光辉熠熠，我的思维明晰流畅。一切事实变得简单合理。当然，这么巨大辉煌的寺院绝无可能不见于经传。推论接踵而来：它无疑就是那座著名的雀离大寺。道安《西域记》说过："龟兹国北四十里，山上有寺，名雀离大清净。"那位著名的北魏国师鸠摩罗什就在这里长大，甚至当他还未曾降生，他的母亲就以有孕之身常在这里恭聆说法。以后，玄奘取经途中又经过此处，在《大唐西域记》中说："荒城北四十余里，接山阿，隔一河水，有二伽蓝，同名昭怙厘，而东西随称。佛像庄饰，殆越人工。僧徒清肃，诚为勤励。"当然，雀离寺也就是昭怙厘寺，也就是僧祐《出三藏记·比丘尼戒本》中的龟兹国北山上的至隶寺。多少学者在地图上爬来爬去希望找到它，而它却安安静静几乎原封不动地躺在这里。

　　望着河对岸星空下黑黝黝的雀儿塔格，我明白了为什么它叫"雀儿"，或者说这座大寺为什么叫"雀离"。那是因为中古维语中"儿""衣"二音不分，它们本是一个名字。在这荒凉的雀儿山后应当有一座古城。它在魏晋时期仍然繁华，被道安称作龟兹国府。但至玄奘时代，新的国府已随着大唐西域都护府的设立迁到二百里外的库车，于是它也就变成了一座"荒城"。

我知道了这座开满石窟的砂山叫作"北山"，也了解了龟兹佛教史的重要一章。这段历史应该从公元 2 世纪龟兹并入大名鼎鼎的佛教国王阿育王的版图算起，五百多年后的鸠摩罗什时期，在这座北山上已经是庙堂经幢林立。这座大寺一直兴隆到公元纪元后八九百年。虽然大乘衰微，小乘复起，但它仍是"佛像庄饰，殆越人工"。它们圆熟的线条、标准的龟兹面型都属于龟兹美术极盛时期的精华。剩下的问题只是找出它起源和衰微的原因。这个问题虽然暂时使我迷惑，但我深信它的解答不在别处，就在我手中的记录本和逐渐装满的第四只木箱里。我将有条不紊、根据确凿地把它搜寻出来，列成一张虽略枯燥

但无可争辩的庞大表格。

　　日月如梭，我的浓厚学术兴趣如同一只天文钟的钟摆，它甚至把我变成一只嘀嗒作响的移动钟表，从一间已测的洞窟机械地移向下一间未测的洞窟。这种愉快的状态持续了近两个月，直到有一天我编号到第一百四十七窟为止。

§

　　那当然是在我调查完第一百四十六窟以后，我走进比邻着小小毗诃罗窟的一道狭窄山谷，清冽泉水就从这道山谷里流出。沿着溪水，渐入砂山腹部。两旁崖壁上原来也应有不少洞室，但

如今都已崩塌，在溪流边垒起高高沙碛。我哗啦哗啦蹚水向前搜索，泉水渐浅，等到四周突然寂静，水流已无声地低过脚踝，我已接近了山谷的尽头。这里并没有一个突突喷水的泉眼，水只是莫名其妙地从沙地里渗出。开始时是微不可辨的一线，像是漂浮在细沙上的一丝油迹。然后越渗越多，越流越宽，沙底变为卵石，它也成了一条哗哗奔流的溪水。而就在这水流刚刚渗出的地方，山谷的尽端，矗立着一座巨大的佛龛。在我的登记本上，它应当是第一百四十七窟。

它没有西域支提窟通行的券顶前室，曾经存在过的巨大佛像就暴露在阳光之下。当然可能有过木构庙宇荫庇佛像。但它已同雕像一起毁灭无迹。龛壁上只留下无数孔洞，插着烧焦的木棍，勾画出大约十七八米高立佛的身影。"巴米扬！"——我脑中掠过一声呼唤。是了，也许这就是源头。阿富汗兴都库什的巴米扬谷，谷中建于 4 世纪前后的大佛龛（学者对于巴米扬石窟的建造年代有不同见解，此处采用断代较早之一说），正是完全一样的外貌。所不同的，是这个龟兹大龛的左右各有甬道。拨开丛生甬道内外的红柳，钻进后室，渐渐我的视线穿透阴影中的薄明。这里有一尊十几米长的巨大释迦，沿后壁横卧，头部已被砸得稀烂。薄薄衣衫紧裹浑圆身躯，上面绘着鲜艳纹样，使它看上去更像一具软弱的肉尸。四壁直至天顶全部绘满千佛，披着一式圆领袈裟，盘膝趺坐。它们环绕着那尊卧佛，也环绕着我。然而这千篇一律的佛像却都形迹可疑。它们精确的外形与挺拔的线条对于这个笨重的石窟说来太过纤巧。如果我的眼睛确曾经过美术史的训练，我必定认为它们，包括那巨大而软弱的卧佛在内，都是重绘重塑的结果。它们不是这巴米扬式龛窟的本来面目。我搜索四周，果然，那天顶剥落的墙皮下已露出一道宽大黑色线条，时隐时现，像是潜伏在秀丽千佛下的不祥阴影。

　　我警告自己不要被偶然事件迷惑，不管这个偶然事件的意义如何重大，在任何情况下都应该按部就班展开工作。我测绘了第一百四十七窟——正面、侧面、俯视。做了记录，拍了照片。这样用了大约五天时间。然后把自制的木梯扛进后室，倾靠在中心柱后壁。我爬上去，开始用铲刀把窟顶千佛一片片分割剥离，暴露下层壁画。我小心稳妥地工作着。千佛绘在厚涂的一层草秸泥上，与下层的粘结并不牢固。只是得留神不要把下层画面的颜料一同铲掉。第一日我清理了大约两米见方，露出了一条飞扬的飘带——就是那道时隐时现的宽大黑线——以及赤裸的小腿和足部。我想象她将是一尊飞天。第二日大清早我就来到洞里，只在中午下梯，和着泉水胡乱吞掉随身携带的馕饼。根据足部的位置我划出五米见方的一个框框，然后从边缘往中心剥除。这样比较保险，不至在疲倦时误下一刀损伤埋藏着的面部。我依次清出她的双手，手中擎着的降魔杵，裸露的腰肢，同样裸露的胸膛，还有胸前的璎珞，然后是头发和冠饰。我不顾满身灰土，专心于切割的准确，几乎忘记了工作的目的。傍晚时分，我把遮住面部的最后一块泥皮揭下。长吁了口气，颓然坐在

梯顶。大功终于告成，接下来又将是绘图、拍照和记录。但当我重新抬起头——那张脸正对着我，相距不到一尺，比我的脸大出四五倍。它笼罩了我，我说不清它是什么，或者像是什么，只看见那眼白，瓷一样，从阴暗的窟壁中耀现，炯炯逼视。

一瞬间我有点眩晕，摸索着下梯，感到疲惫而软弱。冷却了的汗水和着厚厚的灰粉凝固在脸上，模糊了双目。喘息稍定，我重新抬头观察我的发现。

那确实是尊飞天，或称为药叉。她们为佛奏乐，手持种种吉祥法器飞翔鼓舞，向佛身上撒献鲜花。没有哪一幅佛画少得了她们，飞天几乎已经成为佛教世界吉祥欢乐的象征。

可是这是怎样一个庞大的飞天！又是怎样一种笨拙的姿态！她蜷缩着双膝，跪在半空，扭着腰肢。粗壮的双臂硬硬地向两边撒开，像是在划动包裹她的黏稠空气。没有一根匀整的线条、一块鲜明的颜色。她是青紫的、浓重的黑线勾画出挲直的轮廓，融进青色的肌肤。低挂在肚脐下的衣裙，酱紫色在坑洼不平的墙壁上胡乱涂抹，结成块块厚痂。这阴暗的躯体像是由未经加工的铁坯凑成，比那巨大的巴米扬式佛窟还要沉重。我看着她，觉得墙壁似乎再也吸附不住她的重量，她马上就会摔下来，轰然堕成一堆仍然坚硬的铁块和铁柱。

但那脸庞却是端正的，从下边看去，与整个身躯比较好像小了许多。没有表情，薄唇紧抿。双眉向上耸起，与挺拔的鼻梁构成锐角。这锐角中镶嵌着那大睁的双眼，瓷一样的眼白。也

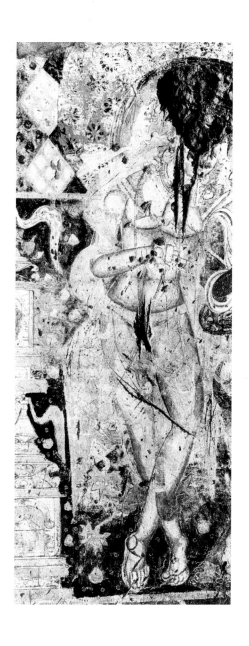

许我应该说这双眼睛挨得太近，或是眼神过于凌厉，但我什么也说不出来。它们还在凝视着我，咄咄逼人，弥漫出一种阴森之气。而我，看到自己渐渐出现在那双深不见底的寒冷的瞳仁中。

§

几天时间，我打不定主意如何继续工作。我应该把第一百四十七窟的飞天测量描摹，按窟如法炮制，然后甩在后边。但我下不了决心。那些比例尺、平板仪和她如此格格不入，我甚至无力把这套家伙捧到她面前。不准备继续使自己困惑，终于，我跳过了她，向着第一百四十八、第一百四十九那些冷静琐屑的支提们继续开刀，以恢复理智的平衡。

也许因为极盛时期的雀离大寺已无可追究，也许因为这大寺的本源已令人不安的出现，我的思想逐渐转向这辉煌庙宇的一朝覆亡。我的目光朝向洞窟壁画上的刀痕铲迹，以及标示出曾经存在过的塑像的烧焦木桩。我要补充说明，由于职业允许我欣赏的从来是半个佛头、数片残简，我忘记介绍天堂谷里留下的也仅仅是损缺的画面。当然，经历千年风吹雨淋、山崩地震的壁画不可能完整如初。但当我的注意力转向这里，我确实发现了一场骇人听闻的屠杀痕迹。看着每个菩萨的面部都被涂抹，每双眼睛被抠成两个深深的泥坑，我回忆起所有测绘过的洞窟莫不如此。唯一的例外是第一百四十七窟的药叉，她在这场浩劫之前已被新的壁画覆盖。我四处搜寻，希望哪怕能再发现一个完整的面孔，可是徒劳无功。在砂山离地百米的峭壁上隐约显露出洞室，冒着粉身碎骨的危险我攀登了上去，可是没有一处不是破了相的脸，挖空的眼睛，毁损的程度比低些的窟室竟然更为严重。那些裸体菩萨的乳房上、小腹下的深深刀痕，似乎只有以弗洛伊德式的仇恨才能说明。我愚蠢地计算：一个洞窟里至少绘有上百画像，在这方圆两公里的砂山上我已发现了二百多个窟室。那么总共就是两万以上精心绘制的画像毁于一旦，这还没算差不多相同数量的塑像，以及曾使玄奘感叹"佛像庄饰，难以言述"的金碧辉煌的殿堂。

我震惊于这场浩劫的规模之空前和计划之周密。说来奇怪，我甚至不由得被这浩浩荡荡发泄着的仇恨和疯狂所激动。这也是一项庞大的工程，所用的时间和花费的财力当然无法与大寺几世纪的营造相比，但那片刻间爆发出的能量，那阴暗炽烈的深刻，却不能不说是历史中的千古奇观。夕阳中，我往往凝视那猩红色的百米断崖，眼中现出那些人正背负刀斧拼命攀登。目如赤炭，鼻息咻咻。有的中途跌下深谷，另外的人眼睛里迸出更明亮的火。火星散落，大寺烈焰冲天。

他们当然是那些12世纪的圣战武士。我喃喃回忆学院课本：10世纪，犍陀罗伊斯兰化；11世纪，伊斯兰教传至喀什喀尔以东；12世纪，传至龟兹；13世纪，蒙古占领西域，建立察合台汗国。这确实是 12 世纪的事情。只有初期的、未经挫折的圣战狂热才能带来这种不加思虑的屠杀。我想起曾经到过的喀什、库车的清真大寺，雕镂精绝的图案铺满墙壁、屋顶甚至地面，处处显示出一种绝顶成熟平衡的理智。我知道种种宗教战争和灭法运动，但我从来没有如此强烈地感到过艺术的吞噬。那周期性回归原始的欲望和搏斗，也许这就是艺术的往复循环？冷漠产生疯狂，疯狂又被新的冷漠窒息，而我们将如何评说这二者的功过？我看着刀痕下挣扎出的残肢断臂，弹性的线条和鲜艳的色彩仍然无望地模拟着肉欲的慵懒陶醉。也许它们真的是熟透了，熟透到不以自己为意的程度。像是秋日酿熟的果实，非要等到严霜一击方才落下。我想到轮回，想到一切不把人的意义限于自身的哲学都相信终点就是起点。而这连绵不断的新陈代谢，冥冥中竟注定了有些人创造，有些人却是屠夫！不知为什么，看着手中的冰冷直尺，我战栗不止。

　　这种种遐想驱使我不断回到那"本源"。日复一日，我走进第一百四十七窟的阴暗后室，仰望那药叉神。直到她所有的细节都背得烂熟，直到我认清了她身上混杂着的拜占庭的森严、阿旃陀的放荡，和马其顿不可一世的野心。她绝对不是一个纯种，她无疑走过千里屠场，看那衣裙凝聚的血光。她一路征服，一路摄取，终于来到这千里戈壁，展开强劲的肢体，开始在黑暗中飞翔。是的，我认清了这些，可是她却仍然迷惑着我，像是一个永远解不开的古老谜语。那腰肢痛苦的扭折，那双阴森眼睛中一闪即逝的悲哀

吸引着我。有时，夜半时分，万籁俱寂，从河滩遥望着漆黑山影，我看见她四无凭借，悬挂在比漆黑还黑的山腹之内，正大张双臂向旷野无声呼唤。

自她出现，天堂谷不复明媚。许多怪异像是原来被柔丽的千佛遮盖，此时却一齐释放出来。这里的天气实在异乎寻常，晴朗蓝天，赤日炎炎，刹那间沙风四起，转瞬又云消雨霁。那千佛崖时而清冷，如同一堆沉重的水泥，时而变成一座金黄耀目的沙丘。而当夕阳西下，它比落日还要血红，那时小溪也会突然间涌出股股赤水。我又去到渭干河边的沙滩，那里丛生着可怕的荆棘。它们当然长得极为缓慢，可是有的竟也有一人多高，向四面伸出刻着黑花的骨刺。远远避开它们行走，看到沙滩上密布着细小的孔洞，我以为里面会寄居着小蟹，但当引水灌入，却钻出一些两厘米长的多毛蜘蛛。这里有一尺长的蜥蜴，竖立着鸟儿一样鳞光闪闪的头在洞窟中静伺着我，然后迅速钻进佛窟后室。继而一个事实彻底摧毁了我对天堂谷的信心：我发现这里没有蜜蜂，那些"菩提树"上开满的小花全靠一群灰暗的巨蝇吮食花蜜传送花粉。

帐篷边出现了不明不白的兽迹，夜也越来越黑，我经常整夜燃起火堆。馕饼告罄，开始烤食山雀、鹧鸪、鸬鹚，还有一只尼牙孜从河边猎来的灰黑仙鹤。可是所有的肉食都坚硬无比，似乎这些鸟儿都具有无法估计的年龄。而最后，是尼牙孜的出走。当然，他走前曾打了一声招呼，但这并不足以消除我回想时感到的神秘。那是在一度消失数日之后，他忽然攥着"我的"短枪出现在帐篷边，闪烁着小眼，声称他要去追捕一只"更大、更美"的野兽，从此就再也不见。

我渴望离开，但是我还有那未完成的命定的事业。从梯子上滚下，膝盖跌得青紫斑斑，裹好伤，一跛一跛继续向前。我已登记了一百六十二个窟室，心中苦不堪言。支持着我的只有习惯，也许还有一丝暗中对解脱的期冀。

一夜，我倒在篝火旁沉沉睡去，陷入一片银灰的空明之中。没有光也没有影，她在那里，从天幕后逐渐显现。我划动着臂膀，向她飘去。伸出双手，触到了铁一样的肌肤。沉重的冰冷压迫着我。我乞求，喃喃哀诉，胡乱抚摸那眼睛、那面庞、那躯体。我感到一丝温暖渐渐透露，感到一阵悸动，看见她瞳仁中深藏的悲苦在展开。我抚摸着，我的手触到黏稠液体，我举起手查看，黑褐色的，就在我跌伤之处，她的膝盖上也有一个伤口。

篝火已熄，余烬闪闪。我兴奋得颤抖，奔向第一百四十七窟。这是启示，我会得到证明和解脱。黑暗中我登上木梯，搜索着她的双膝。可是没有，什么也没有。没有一块脱落的色彩，一片崩裂的泥皮，那身体仍旧无情地闪现着钢铁的光。

一瞬间，失望的苦痛撕裂着我。我诅咒，我痛恨她，我不相信这原始的沉默比生命更古老。我痛恨那愚昧的姿态，那毫无血色的双目。她不是一个药叉，她和美杜莎一样是黑暗的女儿。她们的一瞥把活人化为顽石，或是把一块僵石变成人，随即抛去。

我忍受不了这个。她是一个已被覆盖埋藏的幽灵，是我发掘了她，复活了她。我也可以把她重新消灭。奔回帐篷，取回所有的胶布，一块块铺到她身上。我重新覆盖了她，然后残忍地揭下。看着那躯体消失后的黑洞洞沙壁，我兴奋得浑身发抖。我要把她带回到实验室和讲堂，证明她终究不过是一堆颜料、一片陈迹。按照她复活的顺序我消减她：飘带、双足、大张的手臂，然后是胸膛。我用力摩擦着最后一块覆盖了她面庞的胶布，待我揭下，那眼白却还嵌在墙里，向我阴沉地张望。

§

　　我要走了，身心俱疲。看着那两头悲哀的驴子驮起四只木箱，里面装着二百六十二个洞窟的记录和胶布上的美杜莎，我不知道自己有多少留在了这里。

　　我要走了，离开这天堂谷。尼牙孜已经归来，他茫然握着一支折断的雪白兽爪，本属于一只变种的豹子。那野兽曾已落入他的钢夹，但咆哮一夜，它终于咬断了自己的腿骨，悄然隐去。

外一篇：木心在哈佛

在这里放入这篇，是因为木心在哈佛大学读到了《豹迹》，而且是它的第一位读者。

那是 1984 年底，大约在我结识他半年之后。首次见面是在陈丹青的公寓，那一段我常从波士顿开车去纽约住在他那里。这次他说木心会过来，带一些他的画给我看。此前他已多次和我讲起木心，具体说法记不清了，只感到是个与众不同的奇人。见面后他的话不多，但处处是由里向外发散的精致——不论是眼神、表情、举止，还是画。

他带来的是一批裱在卡纸上的单幅风景，大多是狭长横幅，像是二维的全景电影。称为"风景"是出于直观意象，实际上画中并没有具体的山水和树木，更像是残壁斑痕在达·芬奇眼中造成的幻景。其中一张让我想起往日乘火车凝视窗外，郁

木心《弱水半千》，20 世纪 70 年代

郁葱葱的山川在车窗的定格中渐渐沉入暮色。另一张如同深潭边的嶙峋怪石，被时间蚀刻了精致的纹理。画都不大——后来知道还有更小的一批。木心给它们亲手制作了一个纸夹，封面上手绘了一张类似的风景。我觉得开始了解他：他的东西——不论是绘画还是文字、是展览还是出版物、是仪表还是住处——都必须一丝不苟的完善和协调。而由于真实世界远非如此，他就必须创造出仅属于自己的完美境界。

这次见面的结果，是定下来帮他在哈佛大学的亚当斯阁办一个画展。"亚当斯阁"这个名称也是木心的独创，它的英文名"Adams House"一般被译成"亚当斯楼""亚当斯宿舍"或"亚当斯学院"。三者之中"学院"较为准确——就像英国的牛

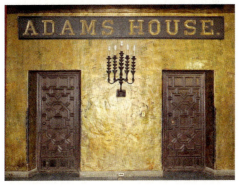

哈佛大学亚当斯阁（上图：外景；下图：内景）

津大学和剑桥大学的学院一样，哈佛的十二个大学生宿舍各有
独特的历史、风格和文化，同时也构成管理、教学和社交的基本
机制。亚当斯阁引为自豪的传统是文学艺术和自由不羁。虽然
国人熟知的基辛格（Henry Alfred Kissinger, 1923— ）曾是
这里的学生，被提起更多的校友却是十月革命时访问苏俄并写
下《震撼世界的十天》（*Ten Days That Shook the World*）的

亚当斯阁的社交大厅（上图）和大饭厅（下图）

约翰·里德（John Reed, 1887—1920）。自由不羁的标志则是地下室里的一个裸体游泳池，后来被一些家长抗议而改造成了"游泳池剧场"。

　　这个学院在 20 世纪 80 年代的院长是罗伯特·凯利（Robert Kiely, 1931— ），一位专攻 19 世纪英美文学的资深教授。20 世纪 70 年代末中国开启国门之后，他是最早来这里访

亚当斯阁一次中国当代艺术展览上的合影，从左至右为：陈丹青、罗中立、翁如兰、凯利夫人、罗伯特·凯利、木心、巫鸿

问和教学的哈佛教授之一，回美后立刻给亚当斯阁的大饭厅换上了具有中国特色的落地窗帘。学院每年会延请不同学科的博士生担任"住宿辅导员"，任期不定，一般持续到获得学位之时，在那里住上五六年者因此不在少数。我于1983年应试通过，随后发现这是个比预想还要实惠的美差，不但免费享有一套古色古香、带壁炉的二室一厅单元，而且可以在饭厅随便吃喝并请客人来访。工作内容则极为灵活，基本由自己规定。

因此当我发现学院社交大厅很适合做画展之后，在凯利院长的许可和鼓励下，我的职责就从美术史辅导员渐渐变成"驻院策展人"，给当时人数渐多的访美中国艺术家办起一连串的展览。几年下来，在那里做过个展的画家包括陈丹青、木心、张宏图、翁如兰、裴德树、张健君、罗中立等人，此外还有几个群展。由于中国当代艺术在 20 世纪 80 年代的美国还是个新鲜事，这些展览吸引了不少哈佛的学者和学生，甚至周围大学的人也来参观。策展经费则是零——学院只提供开幕式的饮料，其他诸如运输、布展、宣传之类则全靠我和艺术家自理。

在亚当斯阁做过展览的中国艺术家中，木心最看重这次机会。这并不是因为展览本身具有多少商业和宣传价值——实际上这两种价值都不存在；甚至也不是因为这是他有生以来第一次公共画展。他之所以重视这档展览是因为这里是哈佛大学，一处至此为止仅存在于想象中的地方。但这个会面是否来的太晚？这间大名鼎鼎的学术殿堂是否会令他失望？他在《赴亚当斯阁前夕》(《木心诗选》) 这首诗里写道：

现在变得

街头，有谁拥抱我

意谓祝福我去

远方的名城

接受朱门的钥匙

我茫然不知回抱

风寒，街阔

人群熙攘

总之，庞贝册为我的封地时

庞贝已是废墟

亚当斯阁前的"哈佛蓝波"城堡

开幕式大获成功，人们惊异于木心的艺术和风度——尽管他不说英语。美术史教授罗森福（John M. Rosenfield, 1924—2013）——我的指导教授之一——告诉木心这是他想象中的理想东方绘画。耶鲁大学的班宗华（Richard Barnhart, 1934— ）教授专程前来参观，说这些作品是中国现代绘画中他的至爱。这些品评当然令木心欣慰，但我能感到比起展览本身，他的愉悦更来自这一周在哈佛做客所享受的生活本身。他的客房位于亚当斯阁上层，俯视童话般的"哈佛蓝波"城堡——七个哈佛大学生在1876年创办的这份著名讽刺刊物的基地。一晚我和夫人蔡九迪（Judith Zeitlin）请他和几个朋友去波士顿旧城的一家老饭店听爵士乐，他记忆中的上海突然与现实接轨，做客的欢愉也顿时化为主人般的豪兴，在这段文言札记〔《其十七》(《西班牙三棵树》)〕中溢于言表：

　　甲子秋暮，予应邀赴波士顿哈佛大学举事绘画个展，寓亚当斯阁，备蒙优渥，时近耶诞，每夕庆娱频呈。犹太裔美籍女史裘蒂，专攻蒲氏聊斋，异矣，自名为九迪，韵矣。知予悦曩昔之Jazz乐，雪晚相约，驰车夜总会，会名"最后之采声"，入见陈设，一如卅年代风调，其中憧憧如离魂者似多"曾经沧海难为水"之态。篷却继起《卡萨布兰卡》主曲，无误也。九迪风姿娴姿，背影髣髴英格丽·褒曼当年。亚鸿君伟岸，若古罗马壮士而锦绣其中。轩轩霞举，与九迪共翩跹，全池为之生辉。同座宪卿最幼，精妙现代诗，尤耽南渡词章，拟论吴梦窗辈取博士学位。斟饮间，以为唐宋踊舞亦每流颠狂。予然其说，昔张爱玲尝表此见，乃诵宿句"曾记弦歌中宵，舞散青螺鬓"，宪卿称赏，大索全阕，惜不复忆，遗唯下半依稀"自别后胡沙幽雪，风尘几掩玉笛。何日重来，酒润珠喉，更唱那三叠。市桥人静，共看一星如月"，宪卿莞尔，目击知我行窃《两当轩》也。时九迪亚鸿舞罢归座，欲悉我等何以为噱，宪卿虽谙英美语，猝然无由信雅而达也。

巫鸿（左图）与木心（右图）在亚当斯阁圣诞树前，1984 年

　　这篇文字提醒我木心访问之时正值 1984 年圣诞前夕，室外白雪皑皑，亚当斯阁立起圣诞树，我和他在树前分别留影。每天晚饭后我们在哈佛校园或附近街上散步，意识流般的谈话既无目的也无方向，大致总是关于历史、文学、艺术和各自对将来的想象。他说起构想中的几部鸿篇巨作，包括三卷本的回忆录。我说希望将来在一个真正的美术馆里给他策划一档展览，终结处是他将一幅微型风景放大几百倍的壁画——万点熔浆自空冥中徐徐下降，在无边黑暗中凝聚成雕塑般的岩块——我感到如此才能显示出这张小画的含量。另一次谈话后，我跑回宿舍把

《豹迹》手稿拿下来交给他，他当晚读过，第二天告诉我他很喜欢，将推荐给他在台湾的出版人。不久之后他转给我《联合报》副刊主编痖弦（1932—　）热情洋溢的信，然后是一份印有这篇幻想性回忆录的报纸。

《豹迹》，刊于《联合报》，1985 年

蝉冠菩萨

　　1999 年主持首次"汉唐之间"会议以后，我和文物出版社的张小舟和李力两位编辑开始汇集和校阅名为《汉唐之间的宗教艺术与考古》的论文集。正好赶上三年一次的"研究假"，我因此得以移居北京一年，从事此项工作并同时担任北京大学访问教授。两位编辑的办公室在著名的"红楼"三层，窗口俯临沙滩北街，不知何时已改名为五四大街。说起这座不甚起眼的楼房，它可是个了不起的革命圣地。在其成为五四运动的诞生地之前，李大钊已在这里组织了第一个"马克思主义研究会"，随后毛泽东从 1918 年至 1919 年在楼内的北大图书馆工作，鲁迅也自 1920 年起在这里授课六年之久。这座陈旧的楼房于1961 年成为国务院公布的全国重点文物保护单位，但在建筑短缺的情况下仍然执行着实用功能，作为国家文物局和中国古建筑研究所的办公处所。文物出版社于 1963 年也搬了进来，使用

北京大学"红楼"旧址

二楼和三楼上的若干房间。1976 年唐山大地震波及北京，这座楼房濒临倒塌。紧急维修后，该上班的仍在里面上班。

　　因此当我从 1999 年至 2000 年三天两头地去找张小舟和李力的时候，每次都要踏过这座著名楼房里嘎嘎作响的暗红油漆地板，爬上稍稍令人眩晕的倾斜楼梯。想到毛泽东可能从这里走过，一丝心悸中又有些穿越之感。《文物》月刊办公室遵守社会主义简约风格：每名编辑配有一张木制办公桌，桐油漆成半透明棕黄色，靠墙放一二书架。李力短小精干，喜欢说笑。张小舟和善之间带出大家闺秀的矜持。二人都曾是考古系高才生，编《文物》月刊的同时经常撰写学术文章。同室中还有一张经常空着的书桌，归杨泓先生专用。杨先生是《文物》杂志编辑委员，以博闻强记在美术考古界中知名。每次我到那里，除了谈论文集就是和李力、张小舟闲聊，内容从考古新发现到学界趣闻，不一而足，杨先生在场时也会参加进来。

大约是1999年底或2000年初，我又一次去红楼看望各位，杨泓先生正好也在。到了之后感到气氛有些异样。李力然后低声问杨泓："不然也和巫先生说说这件事？"待杨点头首肯之后，她就告诉我不久前发生的一件奇事：杨先生收到了一本发自广州的书，寄件人的署名却是他的老师北京大学宿白教授。这似乎不太可能，因为宿先生就住在北京，不久以前还曾见面。杨先生此时插话："而且信封上的字，一看就知道不是宿先生的笔迹。宿先生的住址'朗润园'也写成了'朗涧园'，明显是托名。""更有意思的是，"李力接着娓娓而谈，"信封里边没有信，只有一本书，是日本新开的一家叫美秀（Miho）的私人博物馆的藏品图录。书中间夹着一张白纸，上面用繁体字写了'国宝'两个大字，夹在一起的还有两张复印件，一张是《文

杨泓先生收到的图录中的匿名笔迹

物》杂志 1983 年第七期的封面，另一张是那期杂志中的一页图版。"

"这页图版上印的是山东博兴县发现的一批北朝造像，有佛也有菩萨。"杨先生说。

"我一琢磨就明白了：这个寄信人所说的'国宝'指的是图版里刊登的一件文物，就是这个菩萨像。"他从抽屉里拿出那张复印件指给我看，虽然黑白印刷不甚清晰，但看得出是尊头戴圆光的菩萨立像。他又翻开收到的美秀美术馆图录："看这儿，这尊像现在成了这家日本美术馆的镇馆之宝了！印的还这么漂亮！这肯定是同一尊像，头冠上有这种蝉形的菩萨像非常少，它出土之后我第一次看到的时候就印象极深，一直忘不了。"

李力接着讲："其实，1983 年《文物》杂志里的那篇文章就是我做的责编。你看这两张图片，不但蝉形头饰一样，而且身躯中部的断裂痕迹也完全一致。"张小舟也加入进来："所以我们想，这个寄信人一定是位对中国友好的日本人，想给杨先生通个信，但又不想暴露自己的身份，就采用了这个方法。"我也跟着猜测："他设计的这个方法确实巧妙：如果杨先生万一收不到的话，这封信就会被退到寄件人那里，宿先生一看就会懂得是怎么回事儿。"

那现在怎么办呢？据杨、张、李三位说，他们已经询问了山东方面，了解到这尊菩萨像确实在几年前被盗。我说由于发掘报告和原始图版都存在，像的来源可说是证据确凿，根据国

刊登"蝉冠菩萨"像的《文物》杂志，1983年第七期（左图：图版页；右图：封面）

际法应该可以追回。他们听了很高兴，说马上将向文物局反映。几天之后再见面时，张小舟说他们被告知日本尚未签署《关于禁止和防止非法进出口文化财产和非法转让其所有权公约》，因此即使这尊像能被证明是被盗出国的，美秀美术馆仍可坚持说是通过合法手续购买了这件文物，从而拒绝归还。

听到这个情况，我脑子里忽然闪出一个想法：如果一时半时难以通过法律渠道解决，是否能够通过媒体报道和国际舆论造成压力，促使该馆把这件重要文物交回中国？我和杨、张、李三位说了这个想法，大家都觉得应该试试。此时我脑子里出现了一位也许能够协助此事的人，就是当时《纽约时报》北京分社的社长、驻京首席记者 Erik Eckholm，中文名字是康锐。

§

我和康锐相识纯属偶然。妻子九迪和我都是芝加哥大学的教授，都在 1999 年获得研究资助回中国做一年研究。当我们一家三口——还有女儿笠答——在那年夏季移居北京的时候，所乘美联航班机上离我们座位不远处是一对中年美国夫妻，带着两个孩子。大孩子是个女孩，和笠答年龄相仿，自然成为两位母亲互相搭话的契机。两个家庭随即卷入，由此我们认识了康锐和他的夫人伊丽莎白·罗森赛（Elisabeth Rosenthal），熟人叫她丽比（Libby）。两人都是《纽约时报》的雇员，首次来中国并将在此长期工作。康锐是该报资深记者；丽比是剑桥文学硕士和哈佛医学博士，将注重于医疗、科学等方面的报道。这次工作调动是他们家庭生活中的一件大事，我的"中国通"夫人顿时成了从天而降的生活和社交向导。笠答和他们的女儿凯拉同一年生，那年都是六岁。笠答在太平洋上空开始烦热哭闹，身上痒得不行。丽比以医学博士的眼光一瞥就已诊断出是出水痘。九迪和我大为惊慌，但丽比说这不是大病无须紧张，而且他们的孩子都已经出过水痘因此不会再染上，飞机上也没有别的小孩。她从自己为来中国准备的随身小药库里找到合适的药，笠答吃后沉沉睡去。飞机降落北京时两家已是熟人，说好请他们几天后到我们的住处来玩。

那时我们回北京都住在我家后海旁的老房，坐落在一个汽车难以驶入的小胡同里，离湖边几十步路。房子历年失修，已经面目皆非，但仍保存着三合院的大体格局：高台阶上的北屋与两翼东、西房相连，构成 U 字形围绕一个小小庭院。南边的二道门早已在大炼钢铁时被拆去搭建小高炉，20 世纪 50 年代种的杏树和丁香却仍然枝叶茂密地提供了夏日的些许阴翳。康锐和丽比一家来到后大为欣赏，甚至对参差不齐的院中砖地也称赞不止。也许这正是他们来中国期待看到的地方：简陋失修但仍浸透着异国的古老文化。母亲出来和他们一起喝茶，她的纯正英文进一步消除了主宾之间的距离。世界似乎突然缩小：中国和美国、三代人半个世纪，此时汇聚在这座小小的院子里。

　　九迪和我随即带他们出去走走。沿着后海南岸，跨过银锭桥，就进入了烟袋斜街。这条如今大名鼎鼎的商业街在 1999 年还很破烂：弯曲的土路坑洼不平，两旁的临建掩盖了原来的铺面，使拥挤的街道更为狭窄。骑车人叮叮叮不停按铃，左拐右拐地绕过行人。路旁公厕散发着永不消散的臭气。康锐和丽比不断招呼孩子躲开自行车和地上的污水，但也兴奋地发现了他们来中国后的第一个报道题材。不久之后《纽约时报》旅游版上出现了康锐的长文，详细描述了烟袋斜街这颗"埋没在尘土中的明珠"。他肯定又独自回到这里做了详细调查：文中形容了已经变成大杂院的一座古代寺庙以及一个卖蝈蝈儿的老人和他的种种什物，还有离此不远的鼓楼和钟楼，那里八国联军刺破的大鼓仍在现场。

修缮前的烟袋斜街（况晗，《烟袋斜街》，铅笔纸本）

　　康锐兴致盎然地描写这些景象，将其作为值得介绍的老北京的遗迹。九迪和我觉得介绍中国总是好事，但未曾料到这篇报道招来了大批国外旅游者。此后走过烟袋斜街，不时会看到一位美国老太太手持那份《纽约时报》如同旅游指南，询问卖蝈蝈儿的老人在哪儿。以后发生的事情更是急转直下，目不忍睹。烟袋斜街被彻底翻新为国际旅游景点。公厕被现代化虽是好事，但伪装的古建散发出更为恶俗的油漆臭味。千篇一律的礼品店兜售着毫无个性的伪装土产。虽然我们知道即使我们没有把康锐领到这里这些事情也会发生，但仍然会不由得内疚。

　　长话短说，当我告诉康锐有关杨泓先生收到的那封神秘信件以及被盗的博兴菩萨的事，他马上大感兴趣，同意进行调查。

改造后的烟袋斜街

我给他一份《文物》上的原始报告和图版，大略讲述了它们的内容。他希望直接和杨泓联系，也希望与考古学界的其他权威谈话。我给了他杨先生的联系方式，同时建议他可以访谈中国历史博物馆（现中国国家博物馆）馆长俞伟超先生，他对追回流失的中国文物非常注意。以后当我们见面的时候——通常是以孩子为中心的家庭聚会——他不断告诉我调查工作的进展情况，似乎逐渐发展成了几条战线。

一条战线由他在中国展开，去博兴县访问了当地的文物人员和领导，查询雕像遗失的具体情况，同时在京城与考古学者以及文物局官员谈话。另一条战线在日本，由他的同事，《纽约时报》驻东京的记者卡尔文·西姆斯（Calvin Sims）对美秀美术馆的馆长和策展人进行多次访谈，了解雕像来源和馆方对此事件的反应。康锐告诉我：他对这个案例的兴趣在于它暴露出当今世界上愈演愈烈的文物盗窃和走私问题，博兴观音像的来源确凿，为讨论这个问题提供了难能可贵的实物证据。根据美秀美术馆提供的线索，他找到经手出售这尊雕像的著名伦敦古董商埃斯肯纳茨（J. E. Eskenazi），提出一系列书面问题并取得答复。他还访问了联合国教科文组织负责文化遗产的林德尔·普洛特（Lyndel Prott）以及国际博物馆参议会的秘书长马努斯·布林克曼（Manus Brinkman），请他们发表对偷盗和走私文物的看法。国际博物馆参议会位于巴黎，有一万五千个机构成员，但美秀美术馆不在其中。

康锐及其同事的调查表明博兴出土的蝉冠菩萨像于1994年7月4日夜间从县文管所被盗。事发后当地文物部门向上级做了报告，但案子未被破获。这件重要文物不久就出现在国外，随即进入了位于伦敦的埃斯肯纳茨有限公司。埃斯肯纳茨本人说他是从"伦敦一家历史悠久并声誉卓著的画廊"购买的，但拒绝透露这家画廊的名称或提供雕像在此以前的流传途径。美秀美术馆于1995年10月从埃斯肯纳茨公司购买了这尊雕像并运回日本。该馆负责人在回答问题时不断自相矛盾，一会儿说目前尚未最后证明该馆收藏的菩萨像就是博兴出土的那尊，一会儿又说不管是不是同一尊，这尊雕像已是美术馆的财产，不能无偿归还。该馆馆长和埃斯肯纳茨都以同样理由把责任推到中国方面，说中国文物局从未向国际组织发出这尊雕像被盗的消息，因此他们在出售和购买这件文物时无从征询。埃斯肯纳茨并说大量出口中国古物没有提供清晰来源因此也无从调查，并说这尊博兴雕像在出售时登载在一本广为发行的出售图录上，看到图片的中国专家和官员从未提出异议。

从国际法方面讲，根据联合国教科文组织归还偷盗文物公约，包括中国、美国和绝大多数西方国家在内的签约国都同意一旦偷盗被证实，所牵涉的文物必须归还原主。但是主管该公约具体执行的普洛特说，由于日本没有在该公约上签字，美秀美术馆不受此公约限制。而且即使日本马上参加这个公约，公约规定也不会被应用于签约以前进入日本的文物。

根据这些信息，康锐对我说：虽然他完全相信美秀美术馆的菩萨像就是博兴县丢失的那尊，而且《文物》杂志发表的原始报告和图片提供了有关其来源的铁证，但这不意味中国能够通过法律程序迫使日本方面将其归还。更为有效的办法可能还是通过国际舆论对美秀美术馆施加道德上的压力，并说他希望他的文章将会起到这个作用。说到这里他悄悄告诉我当时连国家文物局都不知道的一个情况（据他说是如此）：就在2000年2月间，当康锐和他的同事开始调查此事不久，美秀美术馆派了两名雇员和一名瑞士顾问越过中国国家和省级文物局，前往博兴县与当地官员商议这尊雕像的事情。会谈的一个结果是美秀美术馆将出资邀请博兴县的行政和文物领导访问该

《被窃中国文物在日本展出吗？考古学学者眼中的盗窃瘟疫》（"Stolen Chinese Relic: A Showcase in Japan? Archaeologists See an Epidemic of Theft"），刊于《纽约时报》，2000 年 4 月 20 日

馆，行程定在 5 月。"看来他们已经感到压力了。"说时康锐眨了一下眼睛。

　　康锐和卡尔文·西姆斯的文章发表在 2000 年 4 月 20 日的《纽约时报》上，标题是《被窃中国文物在日本展出吗？考古学学者眼中的盗窃瘟疫》。此处将其翻译成中文附于文后（附录1）。以下的事情我主要就是旁观者了。李力在她刊登在 2001 年 1 月 14 日《中国文物报》头版上的回顾文章中写道：

　　　　《纽约时报》的这一报道发表后，如同一石激起千重浪，立即引起不小的反响，包括日本在内的世界许多媒体和华文报纸都作了转载和介绍，多位专家学者纷纷撰文或发表谈话，呼吁加强对古代艺术品即文化财产的保护……也许正是在这些有利条件和国内外舆论及道德力量的作用下，才赢得了本文开始传来的日本 Miho 美术馆可能归还这件文物的信息（见附录 2）。

这段话结尾处所说的"信息"，是国家文物局与美秀美术馆的后台神慈秀明会（Shinji Shūmeikai）接触的数月后，该会委托崛内纪良（Horiuchi Kiyoshi）——也就是代表美秀从埃斯肯纳茨公司购买这尊雕像的日本古董商——来京向国家文物局转达了神慈秀明会会长小山弘子（Koyama Hiroko）女士的意愿，同意将雕像的主权归还给中国，美秀美术馆以"借展"名义保存该像至 2007 年，在该馆建立十周年活动结束后将其归还，之后每年去日本展览一次。双方于 2001 年 2 月 15 日达成协议，4 月 16 日正式签署。雕像于 2008 年 1 月 9 日回归家乡，在山东博物馆举行了揭幕典礼。

§

这件事情发展到这一步可以说是获得了完满的结果。随后获得的一些信息使我们更多地了解了这尊雕像的最早发现情况。

中国文物报
CHINA CULTURAL RELICS NEWS

国家文物局主办　中国文物报社出版

CN11-0170

收藏鉴赏

周刊 第2期

失踪国宝要回家

——一封神秘来信道出失窃国宝的下落

李力

一　NHK播清中国学音特写

二　1999年的神秘邮包

三　古董商白先生……

四　《盛乐和普》的议价经过

五　一个匿藏的谜团

流失与流回

李力

本周评议

济宁市建立朱复戡艺术馆

金坛纪念收藏家张禄均诞辰一百周年

内蒙古文物总店成立鼻烟壶文物精品博物馆

本周信息

李力文章的一个读者是博兴县文物工作人员李少南，也是最先发现这尊菩萨像的考古工作者。得知雕像找到了并将回归，他激动地给《中国文物报》写了一篇感想（见附录3），开头的句子是："读了2001年1月14日《中国文物报》所载李力先生《失踪国宝要回家》一文后，我心潮澎湃，思绪万千，久久不能平静。读着报上的字字句句，我的心在颤抖；看了报上所登的那熟悉而亲切的菩萨像照片，我的眼泪止不住地流。我期盼已久，亲手抢救、征集的国宝——那被盗走的青石菩萨造像是该回家了。"

据他回忆，博兴县这批佛像发现于1976年。那时正是"文革"末期政治斗争白热化的时刻，无人关心这些残破的雕像，出土后全部散失。只是到了三年之后的1979年，地方文物单位重新建立，他才开始对其进行抢救，用了三年多时间将散失在乡间的造像一件件找回。为抢救每一个残块他不知跑了多少腿，磨了多少嘴。说服所有者之后用自行车和排子车把它们从几十里远的乡村一块一块地运回县城。这尊蝉冠菩萨像原来碎成三块，混在他从张官村周围的赵楼、崇德、冯吴等村中征集到的几百块造像残件之中。经过仔细对比他识别出这三件残块属于同一雕像，随即把它们成功地拼接为一体。根据他的记录，三块中最精美的一块——包括菩萨的上半身和头后的圆光——是他于1980年5月5日在赵楼村村民赵神家中觅得的。时隔二十年，他还清楚地记得这个村民说：如果不是文物单位来寻找，那天他正打算把菩萨的脑袋和半截身子砸掉，把头光修整成一个圆桌桌面。

　　为什么博兴县这个地方会出土这么精美的佛教造像，而且都是在打碎以后埋葬？同一地点 1923 年出土的一方"仁寿三年龙华碑"给这个问题提供了答案。根据载于《博兴县志》中的这篇碑文，以及此地从 1976 年到 1984 年间发现的多尊石、铜造像，北朝钱币和大批青瓷器，博兴县考古工作者认为这里在北魏晚期建有一座名叫龙华寺的佛刹，香火繁盛，佛像华美。但该寺连同其雕像在周武帝灭佛时一同毁灭，至隋代时已是"龙华古道场之墟"（见《考古》1986 年第九期，第 821 页）。李少南拯救的蝉冠菩萨像因此在历史上不是第一次遭难。

　　我在 2017 年夏天第一次看到这尊菩萨的真容。那是在京都和奈良两地看了几天寺庙和美术馆之后，我和九迪，还有我们的朋友摄影家荣荣和映里，终于来到心仪已久的美秀美术馆。此行的另一个重要原因是：根据中日协议，在回归故土的十年之后，那尊博兴菩萨像将来到美秀美术馆和日本观众再次见面。

　　我们走过美术馆的大堂和一个个展厅，里面陈列的都是稀世艺术珍宝。从古埃及鹰首神像到亚述的镶嵌金器，每件都是同类物品中的佼佼者，即使放在卢浮宫和大英博物馆里也会脱颖而出。同样的评断也可以用于中国馆展品，不论是金碧辉煌的战国金银错铜鼎和铜缶，还是北齐大理石棺床上的粟特画像。但我还是被蝉冠菩萨震惊了：他独自站在展厅门外的高台上，上方射下的一束顶光勾画出宝冠的轮廓，面部和躯干则退入银

博兴县出土的"蝉冠菩萨"，6世纪，高118厘米（身高100厘米，头高18厘米），
圆光直径54厘米

"蝉冠菩萨"细部

灰色的阴影中，吸引我调整自己的目光，去发掘他复杂精致的
细节、微妙的起伏表面、时隐时现的线条，以及脸庞、身体与衣
饰的衔接和对照。

　　他身穿轻薄天衣，流畅的褶纹在肩部和腰下盘旋或散开，
同时地掩蔽和暴露纤细的体型，赋予静态的躯体以流水般的韵
律。相形之下，身前两条繁复雕琢的璎珞则显示出物质性的实
在，从身体表面上凸起，沉甸甸地由双肩下降，聚于腹前的凸起
圆盘，然后分为两路，继续蜿蜒下垂，转至身躯之后。

　　类似的饰物也出现在项下和胸前，其复杂的造型构成立体
和层次，对照出雕像颈部的裸露，仅以一条细线过渡到轻纱覆
盖的上体。圆颈支撑着稍向前倾的头部，倾斜的角度透露出头

"蝉冠菩萨"侧面面容

后圆光的重量。甚有意味的是，作为神性标志的非实体光环却在这里构成一个奇妙艺术形象的载体：圆光上的一朵巨大莲花朝前后两个方向盛开。前方的花朵围绕着菩萨的头部向四周均匀地散射，花瓣柔和地起伏延伸，好像喃喃重复着一句神秘咒语。花瓣轮廓的弧线聚成扬起的末端，停顿在空气中似有似无的一点。

转到雕像背后我禁不住惊呼出声：一个硕大的莲花在六层同心圆的环绕中庄严地浮现。似乎前面的菩萨已化入这个清净世界中的纯洁花朵，艺术家以这个形象宣告了作品的主题：立在我们面前的是以大悲之心普救众生的观音。雕刻此像之时他

"蝉冠菩萨"背部

是否感到观音正在冥冥中观看着他的双手？否则如何能够解释
此像不同寻常的完美？无一细节不透露艺术家的虔诚和尽心尽
力。似乎他的观众是神祇本人——他能够看到凡人目光不及的
背面和边角。

　　再转回雕像前方，圆光中心显示出菩萨的面容。雕塑的语
汇在这里被精微地调整：相对丁平面的背光和线性的衣饰，方
圆结合的菩萨面相由起伏转折的三维形体构成。我们看到的是
一张慈祥而庄严的脸：略微弯曲的嘴唇显出亲切笑意，但眉目
之间又透露出一股凛然之气。他超越世俗的性别，但同时又在

"蝉冠菩萨"的正面面容

回应着凡人的诉求和欲望。

在所有的北朝菩萨造像中，这尊观音以其特殊的宝冠知名于世。冠顶以莲弧形向中部升高，边沿镶饰着华丽的珠宝，两侧垂下柔和的飘带。所有观看者的目光最后都会聚集到宝冠中央的蝉形，栩栩如生，如同一只活物正在向上攀登。蝉从汉代甚至更早就成了中国文化中超越死亡的符号，来源应该是这一非凡生命所传达的升仙意境：从黑暗泥土中钻出，挣扎着摒弃束缚自身的躯壳，爬上高树，最后飞入广阔的天空。按照标准的图像志，观音头冠正中一般饰有一尊阿弥陀像，这是因为这位菩萨的一个重要功能是将往生亡灵接引到阿弥陀佛的西方净土。此处观音像头冠上的蝉形所传达的是同一愿望——超越此生、永获自由——但是使用了一个更古老也更富诗意的视觉象征。

§

走出美秀美术馆回到现实世界，乘车通过堵塞的高速路，于两个小时后回到京都。晚上在一家和餐馆吃饭，看着饭店里熙熙攘攘的人——绝大部分是日本人——我再一次想起那个直到现在还没有被回答的问题：是谁给杨泓寄了那本美秀美术馆的藏品图录，在那页白纸上写下"国宝"两字？

他一定是位对中国佛教美术有着深度知识的人，甚至可能是这个领域中的一个学者，否则不可能记得十几年前《文物》杂志里发表的一张小小黑白图片，并在第一时间里把它和美秀新入藏的一尊石雕联系起来。他也一定对中国考古界有相当了解，不然不会把这本图录寄给杨泓，并假托宿白先生为发件人。他一定对中国很有感情，但又小心谨慎，唯恐此举会带来猜疑和报复。也可能在他的生活中有过这种经验，因此采取了匿名行动。

在这些反复的猜测和推理中，我的脑子里慢慢浮现出一位老朋友的面容，甚至好像看到写"国宝"那两个繁体汉字的手。但是我们已经有二十多年没有见面了——最后一次是在哈佛大学，那年他去那里访问并给我的研究生做了一场细心准备的佛教美术讲演。他是佛教美术专家，20世纪50年代作为爱国人士从日本移居中国，但在"文革"初期被诬陷而于1973年返回故国。他在中国时我和他非常熟，常在一起谈论美术和摄影。我到美国上学和教书之后，我们还不断书信往来，但在他访问哈佛以后则逐渐稀少以至中断。我知道他已退休住在东京，但不愿直接写信询问，打破他的宁静，也可能已经没有必要找到谜底：他所寄出的匿名信终于引导出在我看来十分完美的一次国际合作，使这尊菩萨像回到它属于的地方。

附录 1

被窃中国文物在日本展出吗？

考古学学者眼中的盗窃瘟疫

康锐、卡尔文·西姆斯
《纽约时报》2000 年 4 月 20 日

去年 12 月底，古代佛教雕塑专家杨泓收到一封神秘的信件。其中是一部印制精美的美秀美术馆藏品图录。这座新近开放的重要古物博物馆位于日本京都附近，由一家非常富有的宗教集团在 1997 年开办，其建筑由贝聿铭设计。

一张纸条标出图录中的一页，页上印的文物是这座美术馆的杰作之一：一尊高 118 厘米，来自中国的典雅观音石造像。它圆光硕大，宝冠上的蝉形极为特殊。这张书签般的纸条上连笔写着两个字"国宝"（繁体字）！

杨泓收到的信件里还有 1983 年《文物》杂志的一篇文章复印件，文中配合着图档描述了山东省博兴县新出土的一批石造像，造型出神入化，是该地区发现的 6 世纪北朝佛教造像的早期成果。

文章中一尊造像的描述和图档被标记出来，看上去与美秀美术馆的观音石造像完全一样——同样的圆光、同样的蝉形、同样的尺寸、同样的石料，以及胳膊和身体上完全相同的损伤。

对于中国考古学学者来说，这份匿名信清晰指出了一个蔓延世界的问题：偷盗的文物在被赋予伪造的来源之后，以可达数百万美元的高价出售给私人藏家和美术馆。

这类文物盗窃的最大宗发生在中国，因为这里有大量未发掘的坟墓和考古遗存，以及防卫不严的庙宇和博物馆。

"我们看到中国文物在海外大量出现，它们基本上全是被偷窃倒运出去的，"中国历史博物馆的退休馆长俞伟超说，"作为一位一辈子都在从事考古工作的人来说，我感到心碎。"

调查结果表明，1983 年《文物》杂志中描述的那尊造像是在 1994 年 7 月 4 日夜间从博兴县文物管理所被盗走的，这个案子至今尚未了结。

很明显，1995 年 10 月，美秀美术馆以未公开的价格从一位重要的伦敦古董商处购买了这尊造像。这位古董商是埃斯肯纳茨有限公司的埃斯肯纳茨，在一封回答我们问题的传真信件中，他说这尊造像是从"伦敦一家历史悠久并声誉卓著的画廊"购买的，但是拒绝透露这家画廊的名子或提供有关这件文物在此以前的来源信息。

美秀美术馆则说目前还没有最终证明这两件造像是同一尊，但已经开始调查。不管怎样，美术馆说它购买这件作品的"意图良善"，不一定会将其归还。

北京和博兴的中国专家说根据美秀美术馆图录中的清晰照片和资料，他们十分肯定该馆收藏的观音造像就是1994年被盗的那尊。

最先收到信息的杨泓先生是中国社会科学院考古研究所的高级研究员。他说："这肯定是同一尊造像。不但是那只蝉，而且像上的损伤和裂纹以及其他共同特征都可以证明这一点。"

博兴县文物管理所所长舒立臣说："这尊石造像在1994年被盗以前一直在我们这里，我们对它非常了解。当看到（美秀美术馆）的照片时，我们就非常确定是同一尊。"但是在法律和机构层面，作为与这种盗窃作斗争所面临的障碍的一个案例，目前中国方面尚未采取官方途径寻求这尊造像的归还。如果他们寻求归还的话也可能会遇到一个问题，即日本尚未在联合国教科文组织于1970年通过的要求缔约国归还被证明是偷盗文物的公约上签字。

中国专家并没有谴责古董商或美秀美术馆是有意图地购卖和盗卖文物，但他们为这个文物交易体制悲哀：交易者和购买者都如此乐意接受那些难以置信的说法，好像宝物能够从任何莫须有之处出现。

据国际博物馆参议会（该组织位于巴黎，有一万五千个成员机构，力图通过一套伦理准则与偷盗文物问题进行斗争）的说法，非法文物交易问题的严重程度从未像今天这样巨大。

该参议会的秘书长马努斯·布林克曼（Manus Brinkman）

说："所有人都知道一些东西是偷盗的，或者应该知道是如此，但是这些东西仍然出现在市场上。一些著名的古董商、艺术机构卷入其中，而不仅仅是一些非法经营者。"

他继续说："偷盗文物不仅来自中国。柬埔寨、泰国、秘鲁、玻利维亚、尼日利亚以及东欧国家都有这种问题，那里的造像不断消失。"

那位伦敦的古董商埃斯肯纳茨先生看法有所不同，认为一般不可能对被售卖的中国古董的来源历史进行彻底的检索。他说："几百年来以来，百千万的物品从中国出口。只在很少情况下，它们有来自何处的清楚信息。"

为他们1995年的交易辩护，埃斯肯纳茨先生和美秀美术馆都说中国官员从来没有提交一份关于那尊造像被盗的国际报告，否则他们或许会被提醒，注意到这尊造像的潜在问题。博兴县的官员说他们在1994年向有关机构报告了这起盗案，但现在不太清楚那份报告当时传交到了哪一层。

埃斯肯纳茨先生还说这尊造像曾登载在一本广为发行的出售图录上，许多中国专家和官员看到过，但是他们中没有人提出疑问。

在侦查可疑古董交易时，一个常见问题是许多物件都未经专家记录，而是通过组织完备的运作携至国外，其中甚至包括贿赂地方或更高级别的官员。在中国，农民、建筑工人和犯罪集团每年发掘出大大小小成千上万件古物，常常迅速地把它们卖给走私贩。在一些情况中，盗贼从寺庙墙上凿下造像或是从看管不严的博物馆和库房中偷窃古物，有时甚至与保管者合谋。

根据有关官员的介绍，盗窃的物件一般被偷运到香港，在那里被给予伪造的身份。最后它们被卖到欧洲、美国和日本，经手人常是顶级的古董商、画廊和拍卖行。

专家说在最近十年里，世界上的博物馆、美术馆普遍对购藏设定了更为严格的标准，因此在当下，私人收藏者是走私文物的主要市场。若干因素，包括对负面形象的担忧、1970 年联合国教科文组织的协约，以及博物馆委员会自身制定的伦理标准，都给博物馆、美术馆造成越来越大的压力。

美秀美术馆还没有加入国际博物馆参议会，馆方的策展人说该馆从具有优秀声誉的古董商那里购买古物以避免问题。馆长片山宽明（Hiroaki Katayama）说："如此间接地购藏，给我们一些安全感。"

根据联合国教科文组织负责实施归还偷盗文物公约的官员林德·普罗特（Lyndel Prott），日本目前正在对联合国教科文组织的公约进行研究，考虑加入的可能性。如果日本确实加入的话，公约也不适用于签约前的进口文物。

根据这份公约，包括中国、美国和绝大多数西方国家在内的签约国都同意：一旦偷盗被证实，牵涉的文物必须归还原主，在一些情况下对不知情的购买者提供补偿。谈判应通过官方的外交渠道进行。

这个体制有时候确实会发生作用。比如就在 2000 年 3 月 28 日，美国海关官员在纽约佳士得拍卖行查封了一件 1994 年从一个 10 世纪五代古墓里凿下的汉白玉浮雕石刻。但无法证明可疑物件的来源地是更加常见的情况。

由于许多目前西方收藏的文物，包括美术馆中的精品，都是在更早的那个随心所欲的时代被拿到国外来的，因此对于合乎法律或伦理上的购藏并没有一个简单的定义。

据普罗特先生说，联合国教科文组织的公约提供了一个粗略的参照：如果一件文物是 1970 年以后首次在国外出现，那么"一个有责任心的博物馆就不应该购买它"。

由于丢失的博兴佛教造像的图档和文字描述发表在杂志之中，它是一个不寻常的案例。尽管如此，如果想使其归还的话，中国可能仍然需要依靠施加更多的伦理压力而非采取法律行动。

美秀美术馆馆长片山宽明先生在一个访问中说，即使证实这尊造像就是 1994 年被盗的那件，美术馆也可能不会归还。

他说："我们尽力检查馆藏品的来源。如果出现问题的话，我们根据国际法进行处理。就这尊造像来说，我们的律师说问题并不存在。"

他接着说："由于我们出于善意收藏它，它是我们的财产，我们不能无偿归还。"言下之意是如果有补偿的话，还是有归还的可能。他又说："当然我们需要保持和中国友好，因此我们愿意和他们商谈和交涉。"

中国一直在与文物走私进行斗争并逮捕了大批盗贼，但官员承认他们面对的压力往往难以承担。

国家文物局局长张文斌在3月24日的一份正式声明中说："从20世纪80年代中期以来，盗窃博物馆或墓葬中文物的犯罪活动持续不断，并继续恶化。"

他说："走私文物不断蔓延。这些问题与管理不力及文物法的不周全有关。"关系到丢失的山东造像，问题似乎也存在于反偷盗文物的官方系统本身。

国家文物局发言人王丽梅在一个访问中说："这件事是由山东省文物局直接处理的。"但是山东省文物局副局长张从军说："我们与美秀美术馆没有接触，这是国家文物局处理的事情。"

美秀美术馆官员已经越过有关的中国国家和省级机构，直接来到博兴县，与这个贫穷偏僻地区的文化及政界官员讨论这件事情。

对于地方官员是否应就国家法律管辖下的重要文物与日方交涉，北京的一些考古学者和官员都提出质疑。

美秀美术馆馆长片山宽明先生和一位同事以及一名瑞士顾问，在2月不声不响地访问了博兴县。据片山宽明说，他们会见了李少南，他是博兴县的文物工作人员，在1983年的那篇文章中最早描述了那尊造像。

片山宽明先生说美秀美术馆已经邀请李先生和其他五人在5月下旬访问美术馆，其中包括县文物管理所所长舒先生和一位县领导。美秀美术馆将出资请他们检验那座雕像并讨论下一步的措施。被邀者正在申请办理出国护照。

附录 2

失踪国宝要回家

一封神秘来信道出失窃国宝的下落

李力

《中国文物报·收藏鉴赏周刊》，2001 年 1 月 14 日第 0876 期

雕造得极其精美、可称作国宝的中国文物——一尊公元 6 世纪的佛教菩萨石造像，1976 年从山东省博兴县出土（1983 年第七期《文物》月刊刊登了发掘简报和图片），1994 年在县文管所被盗，一直下落不明，1998 年该像出现在日本一著名博物馆的展台上。1999 年有知情者向中国学术界通报此事，于是引出了一系列发人深省的事件。

一　NHK 瞄准中国学者杨泓

2000 年岁末，日本最大的广播影视传媒 NHK 针对目前世界艺术品走私猖獗的情况，准备制作一部大型电视专题片，中国古代文物的被盗和走私海外被列为其中重要内容。2000 年 12

月，NHK驻北京代表两次拜访中国社会科学院考古研究所研究员、著名美术考古学家杨泓，请他同意接受专访，同时也向他报告了一个好消息：那件被盗卖到日本的中国国宝级文物，出土于山东博兴的公元6世纪的精美石雕菩萨造像，近期可能要回归中国。

NHK为什么盯准杨泓先生，那件石雕菩萨像与此又有什么联系？这一切都要从杨泓先生曾经收到的一封神秘来信说起。

二 1999年的神秘来信

那是在1999年的12月，杨泓先生收到一个16开大信封，左上方的收件人地址和姓名都准确无误："北京王府井大街27号，中国社会科学院考古研究所，杨泓"，右下方发件人处却写着："北京市朗涧团×公寓××室，宿白"。显然，寄信人用了北京大学考古系著名教授、我国佛教石窟寺考古的权威学者、杨泓的老师宿白先生的住址和名字。但杨泓一眼就看出这显然不是宿白先生写的字，地址和门牌也有误，不但没写北京大学，而且将北大宿舍区的"朗润园"错写成"朗涧团"（繁体字）。再看信封右上角的挂号邮戳，竟是寄自"广州长寿西路"。

信封里并无任何信件，只有一本日本1997年开馆的著名私人美术馆"Miho"的藏品展览图录。图录第三十四至三十五页之间夹着三张纸：一张复印了中国知名刊物《文物》1983年第七期封面；一张复印此期《文物》发表的《山东省博兴出土一批北朝造像》图版伍，包括新出土的六张佛、菩萨像照片；最后一张为白纸，仅用中文繁体由右至左书写两个大字："国宝"。

杨泓先生对比了这些材料，很快明白 Miho 藏品图录第三十四至三十五页彩印的一件带有大型莲花头光的石雕菩萨立像，与复印纸上 1983 年《文物》第七期图版伍中的一张"青石单身菩萨像"完全相同。此石像是 1976 年山东省博兴县张官大队出土的一处北朝晚期（约公元 6 世纪）佛教窖藏造像（共七十二件）中的一件，其造型庄严华美，尤其是腹前一硕大圆凸的"严身轮"珠饰和颈后巨大的同心圆莲花头光极为独特醒目，为以往国内佛教造像所罕见。所以对比之下马上可以看出两处照片中文物的相似之处。从身体的各部位服饰装束，到双臂和腿、足部的残损，乃至造像的高度尺寸都极为接近，因此它们很可能是同一件东西。杨泓先生将这些材料拿到《文物》编辑部，笔者恰是 1983 年第七期那篇博兴简报的责任编辑，看过之后也认定这是同一件造像。杨泓先生根据信封和有关文字的书写特征，认为寄来这套材料的很可能是一位知情的日本友人，他发现 Miho 的这件藏品是中国山东博兴出土的珍贵文物，且已在刊物公开发表。他用这种特殊方式将此信息通报给中国佛教石窟和美术考古方面的知名学者，意在提醒你们的"国宝"已流失海外。

我们感到此事非同小可，决定先请人与山东方面联系，了解这批造像的保存现状。正巧杨泓先生的博士研究生来自山东省文博系统，他很快就问到了有关情况，说这件菩萨像确已于几年前丢失（当地已上报备案）。这更证明了我们对 Miho 造像的判断。

三　去见宿白先生

受杨泓先生之托，笔者带着这些材料到北大见宿白先生，细说原委后宿先生也感到此事之蹊跷。先生接过 Miho 图录，第一眼就敏锐地看出："这菩萨头上戴的还是蝉冠！"果然，我们都没注意到菩萨所戴花冠的正前方，雕饰着一只形态极为写实的"蝉"。这种蝉冠原是南北朝时世俗贵族的冠饰，考古发现中多见报道，如辽宁出土的北燕冯素弗墓、洛阳北魏永宁寺塔基出土的世俗供养人塑像、近年南京新发现的东晋贵族王氏和高氏家族墓中，都出土和见有这种金珰蝉冠装饰。这种原为世俗高官的冠饰，现被装饰在佛教造像头上，除了说明当时世俗艺术和佛教艺术相互影响外，也或寓意着此蝉冠菩萨的地位较高。笔者也立刻想到博兴的近邻青州，1996 年出土并轰动海内外的龙兴寺佛教造像窖藏中，也出土了一件戴蝉冠的 6 世纪东魏菩萨像。同时引人注意的是，博兴出土的这批佛、菩萨造像，其题材和细部造型，均与青州造像十分接近。

宿白先生仔细看了这些材料后明确指出，包括这件蝉冠菩萨在内的这批博兴造像，从时代到题材，从造型风格到雕塑技法，无疑都与青州造像有密切的联系，青州造像时代主要为北魏晚期（其中有纪年的最早一件已到公元529年）、东魏早期、东魏晚期和北齐时期；博兴这批造像据简报知亦主要为东魏和北齐作品（其中有纪年铭的九件，二件为东魏，七件为北齐）。博兴造像中装饰华丽繁缛的菩萨（如Miho所藏），衣薄贴体，身圆如柱的单身立佛，高鼻细目的异域面相，都表现出与青州造像极为相似的神韵和风采。它们应是属于同一历史时代、同一地域系列的作品，具有极高的历史和艺术价值。宿白先生对如此珍贵的文物流失海外十分痛心，叮嘱我们要尽快向有关方面通报情况。

从北大回来后，我们迅速向有关部门汇报了情况，并向山东方面寄送了相关材料。

四　《纽约时报》的公开报道

当时在北京大学任客座教授，与我们有工作关系的美国芝加哥大学美术史系华裔教授巫鸿先生听说了此事，他对国外情况比较了解，看了主要材料后很有信心地说，既然这件东西在公开出版的刊物《文物》正式发表过，而且刊登了图像，又有准确的出土时间和地点，就是有了它原属国家和地区的确凿证据，按照有关国际公约和惯例，完全有可能追索回来。他并且表示也要调动自己海外的各种关系，为这件造像的早日回归而努力。2000年4月，经巫鸿先生介绍，美国著名大报《纽约时报》北京分社社长、驻京首席记者康锐登门采访了杨泓先生。2000年4月20日《纽约时报》艺术版发表了他署名撰写的题为《被窃中国文物在日本展出吗？》的长篇报道，详细追踪了这一事件的始末。

《纽约时报》除向杨泓先生了解事件的缘起，并作了详细介绍外，又就此事采访了山东博兴县文博部门、日本Miho博物馆以及转卖此造像的英国伦敦某文物商人，还首次披露了这些单位和个人对此所作的答复。

山东博兴方面的回答是，该菩萨像于1976年在当地出土，一直保存在县文管所，1994年7月4日深夜被窃，至今下落不明。当看到Miho图录所刊照片，他们马上认定这正是当地丢失的那件文物。

Miho博物馆的解释是，此石雕菩萨是该馆1995年10月从伦敦一位名叫Eskenazi的文物商人处购得，但他们认为现在尚不能证实其与中国山东博兴丢失的石像为同一件东西。并表示即使它确是1994年被盗的中国文物，也不会将其无偿还给中国，因为他们"已尽最大的努力保证藏品的来源可靠，而且我们购买此像并非出于恶意（所谓善意持有，指不知情的买者）"。但同时博物馆负责人也表示，愿意同中方通过协商和谈判解决可能引发的纠纷。

至于转卖此像的英国伦敦文物商人Eskenazi，在以传真件回答有关问题时表示，菩萨像是购自伦敦一家历史悠久的知名展览馆，但他拒绝透露该展览馆的名字。

《纽约时报》还援引中国有关官员的话说，目前中国大陆文物被盗到海外，通常是先走私到香港，被制造出一些合法的假身份后再转给欧洲、美国和日本的商人、画廊和拍卖行〔前不久，1994年被盗的中国河北省曲阳县王处直墓二件彩绘浮雕武士石像在美国被发现，一件持有人是安思远（Robert Hatfield Ellworth, 1929—2014）先生，他得知实情后立即将其无偿归赠给北京的中国历史博物馆，现已运回中国；另一件在佳士得拍卖行被禁拍后，至今仍被扣留在美国海关〕。

《纽约时报》的报道指出，按照1970年通过的联合国教科文组织《关于禁止和防止非法进出口文化财产和非法转让其所有权的方法的公约》，所有签约国均应保证归还被证明是被盗窃的文物。但日本迄今不是该公约的签约国。据联合国教科文组织负责执行该公约的官员透露，日本目前正在研究并考虑加入该公约。

五　一个沉重的话题

《纽约时报》的这一报道发表后，如同一石激起千重浪，立即引起不小的反响，包括日本在内的世界许多媒体和华文报纸都作了转载和介绍，多位专家学者纷纷撰文或发表谈话，呼吁加强对古代艺术品即文化财产的保护。

这是一个沉重的话题。目前全世界范围内的艺术品走私盗窃活动猖獗，不止中国，东南亚、拉美和欧洲都有这种情况发生，联合国教科文组织负责这方面事务的官员指出，几乎"每天都有无法取代的文化珍宝被从其原来属地取走，进入国际艺术品市场，在市场上进行非法的或公开的交易……文化遗产的贸易已达到可与国际毒品贸易相比的规模，也与后者具有其他一些共同的特征"。特别是大批直接盗取自古遗址或古墓葬中的文物，因为尚无确切的登记注册作证据，一旦进入国际市场后就很难辨认和追索。博兴的这件菩萨像因为有准确的身份证据而为中国政府的追索提供了便利，中国文物主管部门以此通过官方渠道与日本方面接洽联系，至今已历时半年有余。也许正是在这些有利条件和国内外舆论及道德力量的作用下，才赢得了本文开始传来的日本 Miho 博物馆可能归还这件文物的信息。

写到这里，笔者不禁想到，如果这件国宝真的回归祖国，则在这一案件中起了关键作用的无疑首推那位最早给杨泓先生来信的神秘人物。因为能在大量馆藏艺术品中看出哪一件与二十几年前出土于中国某省某县的某件文物有什么联系绝非易事，他一定应该是一位中国佛教艺术的爱好者，或者就是这一领域的同行学者也完全可能，因为他显然还很了解宿白先生和杨泓先生的身份和地位。

这位至今没有透露姓名的神秘来信人是谁？他真的是一

位有良知的日本人吗？如果是这样，难道我们每一个真正的炎黄子孙不应该担负起保护文物，守住国门的责任吗？近年来大量地上地下有着几百年、几千年历史的中国文物被盗卖出境，公然频频出现在苏富比、佳士得这些国际著名拍卖行的拍品图录上，一些刚进入国外富人客厅和书房的中国文物，甚至还散发着中国泥土的气息。半个多世纪前，一位爱国的理想主义者面对被外国侵略者和军阀分裂践踏的祖国，发出过"救救母亲"的呼唤。现在，我们也要大声疾呼："救救祖国的文化遗产！""回来吧，流失海外的中国文物！"

附录 3

我千辛万苦抢救的国宝，你是该回家了

读《失踪国宝要回家》后

山东博兴县文物管理所 李少南

《中国文物报·收藏鉴赏周刊》，2001 年 2 月 25 日第 0887 期

读了 2001 年 1 月 14 日《中国文物报》所载李力先生《失踪国宝要回家》一文后，我心潮澎湃，思絮万千，久久不能平静。读着报上的字字句句，我的心在颤抖；看了报上所登的那熟悉而亲切的菩萨像照片，我的眼泪止不住地流。我期盼已久、亲手抢救、征集的国宝——那被盗走的青石菩萨造像是该回家了。

李力先生的文章字字真切。这件出现在日本博物馆展台上的菩萨像，正是 1976 年 3 月 4 日山东博兴县张官村出土的一件菩萨造像。《文物》1983 年第七期发表的《山东博兴县出土的一批北朝造像》一文中，图版五的三图即该像。在文章中对其作了粗略介绍。李力先生是文章的责任编辑，而我却是这篇文章的撰稿人之一。不仅如此，包括这尊菩萨像在内的几百件博兴出土的造像都是我经手抢救、征集的。

登载李少南文章的《中国文物报》，2001 年 2 月 25 日第 0887 期

　　当你欣赏着这件雕造于公元 6 世纪精美绝伦的文物时，你可曾知道当年抢救、征集时的艰辛、困苦吗？当你享受着件件文物给予的无限美感时，你可曾知道一个基层文物工作者为它们倾注的血汗有多少吗？这批造像出土的年月，正是"四人帮"最猖獗的时候，所以造像出土后均散失了。被周围十几个村的村民拿至家中挪作他用。时隔三年，我从 1979 年始对这批造像进行抢救、征集。又足足费了三年多的工夫，才将散失多年的造像一件件收集起来。为抢救一件造像或造像残件，我不知要跑多少腿，磨多少嘴。把一件造像或造像残件征集来了，我再用自行车，从几十里远的乡村一块一块往县城带；用地排车一件一件往县城里拉。抢救每件造像我付出的汗水都要比这件造像重；抢救每件造像的经历都可写成一个故事。一件件经我触摸过上百遍的造像残件，哪块是谁交的，有多大、多重，有何特征，我

都了如指掌。李力先生文中所登菩萨像，是我从张官村周围的赵楼、崇德、冯吴等村中征集到的几百块造像残件中认定出的三块，将其粘为一体，成为现在所见到的菩萨像样子。其中菩萨上身最精美部分，是1980年5月5日我在赵楼村村民赵神之家中觅得。当时他还对我说："幸亏你今天来了，我正打算把上面的脑袋和半截身子砸了去，修整成一个圆桌面，你要晚来两天就糟了！"

包括这件菩萨造像在内的许多作品经我整理后，从1982年1月1日对外展出。加之1983年《文物》第7期发表了造像出土报告，在国内外产生了一定影响。包括日本学者在内的国内外许多著名学者纷纷到博兴参观。日本松原三郎先生曾为了看博兴三件北朝造像，不顾年高体弱，于1990年6月6日专程来过博兴。令人痛心的是1994年7月4日深夜，罪恶的盗贼借风雨大作的恶劣天气，破门而入，把我千辛万苦抢救、征集来的菩萨造像偷走了。从此我心里像插上了一把刀子，这些年一直没有好受过。有时夜里做梦，梦见菩萨造像回来了，我高兴极了。可醒来一看，才知又是梦一场。菩萨像啊！民族的瑰宝，你是该回家了！

基督的血和玛利亚的泪

一次讲演

那是二十几年前刚从哈佛转到芝加哥大学任教的时候，我听到了一个难以忘怀的学术讲演，主题是早期尼德兰文艺复兴绘画。

我是学美术史、教美术史、写美术史的，从上学到当教授不知听过多少学术报告。对某个讲演感到"难以忘怀"是不寻常的事情，不然的话不知会承载多少记忆的重压。

而我又是一个不善听讲的人——曾屡次和当教授的妻子谈起这个缺陷。如果讲演平淡无奇，我就会遐想起别的什么事情，忘记了讲堂的存在。而如果听到耳目一新的观点，那又会激起我在思想空间中浮游，把它联系到自己熟悉的材料，思考它的理论和哲学的隐含。再次听到讲演人声音时已是不同的内容。

由此而言，使我"难以忘怀"的那个讲演自然属于第二类，留在脑中挥之不去的也只是讲演中的一个观点。这个观点给我的印象至深，以致每当看到有关绘画作品时都会自动跃入脑中，久而久之甚至成为观看文艺复兴和巴洛克绘画的一个习惯。相比而言，讲演者本人和讲演整体只留下了模糊的印象。仅记得他来自外校，三十来岁，留着一把棕色胡子，讲演开始时十分严肃地告诉听众他的讲演基于正在撰写的一篇论文。这类讲演在美国大学中极多，每星期数十个任由教师学生挑选。此次讲演所讨论的作品均为西方美术史名画，连我这样的外行也不感生疏。但讲演人的目的显然不是进行普及教育，而是希望阐述美术史上的一项新发现，把自己的印记加盖在往昔的研究之上。这种对"名作"（masterpiece）的重访必须挑战以往的解读，因而尤为困难，但因此也激励有志之士迎头而上。归根到底，一幅名作之所以成为名作是因为它能够不断刺激出新的视觉经验和理性阐释，否则也就成了等而下之的历史资料。

讲演者温文儒雅，男中音般的嗓音圆浑低沉，读稿之中时有停顿，似乎仍处于持续思维之中。这种内在对话的感觉吸引了我：虽然看起来他对自己的论点十分自信，但他没有把自己化为一个律师，以亢奋的雄辩获取听众的信服，我喜欢这种学者的自律。

我们之间的无言默契被突然打断，那是讲演进行到三分之一的时候。此时他已对马德里普拉多美术馆（The Museo

Nacional del Prado）收藏的一幅罗希尔·凡·德尔·魏登（Rogier van der Weyden, 1399—1464）的《卸下圣体》（*The Descent from the Cross*）做了相当详细的描述，一步步将听众的目光引至前人未曾谈及的细节。不断迫近画面的观察促使听众跟随他去"发现"这些细节，想象画家在其中藏匿的意图。在这之后，一个刹那的停顿，他抛出了"小时间"（small time）这个似乎不相干的自造词汇，在感性的描述和理性的阐释之间搭上一个悬浮的跳板。我感到一种熟悉的兴奋：就像以往发生过的，我的思维被启动而开始飞翔，离开了面前的讲演者和身处的讲堂。

现在回忆他达到这个概念的过程，大约是从解释圣经故事画的一般逻辑开始。这类绘画的绝大多数都使用了观众习惯的宏观时间，诸如历法和时钟显示的年、月、日、时之类。这种通行的时间框架沟通了观看者和绘画中的人物——即使他们生活在不同的世纪和时代，即使他们是凡人或为神祇。人们在这些画里看到的是春夏秋冬，是朝霞、午日或暮霭，是如同自己的男女人形，以及城乡背景中的悲欢离合。

就拿魏登这幅《卸下圣体》来说，这个题材已被以往的中世纪和文艺复兴画家描画过无数次。虽然构图不尽相同，但基本的叙事脚本都来自于《圣经·新约》中的四篇福音书，其中记述了耶稣基督在各各他——骷髅地——受难的五个事件，从被捕、审判、钉十字架、埋葬到复活。根据这些文献，他与两个罪犯被一起处死，罗马士兵将其双臂大张、双脚重叠地钉在十字架上。那天是逾越节的预备日，当地人不愿看见刑徒留在十字架上，要求总督彼拉多令人打折他们的双腿将其搬走。士兵如此处理了两个罪犯之后，发现基督已经断气因而没有打断他的腿。一名士兵用长矛刺穿他的肋间，血水汩汩涌出。到了晚上，亚利马太城的议员约瑟受众人所托求见彼拉多，要求允许埋葬基督的尸体。获准后他们把基督从十字架上放了下来，埋葬在一个花园墓地中。

所有称作《卸下圣体》的作品描绘的都是基督的追随者把他从十字架上放下的情节，但《圣经》实际并未对这个情节提供任何具体描写。因此与其说这些作品图绘了《圣经》文本，不如将之看成是历代画家对这个文本的视觉诠释，构造出以图像表达虔敬、哀悼和悲痛的开放场地。在魏登创作的这幅祭坛画中，画面上方的突出部分容纳了竖直的十字架。基督疲软的躯体正被从十字架上放下，两名男子托着他的上身和双腿，他们应该是约瑟和尼哥底母。后者身后站着抹大拉的玛利亚，在绝望中痛苦地扭曲着双手。画面左方形成一个相对独立单元：圣母玛利亚在基督下垂的右手旁昏厥倾倒，身穿鲜红披风的约翰托着圣母的右臂，以防她跌倒在地。魏登把所有人物安置在一个浅龛般的画面中，压紧的空间浓缩了事件的叙事，也突出了感情的强度和戏剧的张力。"张力"之感被图像的并列进一步强调：基督的赤裸躯体对照着周围的华丽织物；淌血的右臂紧

罗希尔·凡·德尔·魏登，《卸下圣体》，创作于 1443 年以前，木板油画，高 204.5 厘米，宽 261.5 厘米，现藏于普拉多美术馆

邻圣母失去知觉的左手——二者的呼应暗示着母子之间超越生死的联系。而基督与圣母的身体也构成有意的平行——后者不堪悲痛事件的重击，昏厥中的倾倒无意识地延续了其子身体从十字架上的下落。

这种阅读对理解这幅名作提供了诸多启发，但沿循的仍是解读圣经故事画的常规途径：阅读者把画面看成是画家在二维平面上构造出的一个精巧舞台，正在上演一出动人心魄的宗教戏剧。画作的观看者——他们是去教堂做弥撒的礼拜者——所受的宗教教育使他们熟知画作的内容及其上下文。从基督的逮捕、处死到埋葬和复活，这幅画既是其中的一环又提供了悼念基督的独立图像。处于这个层次上的所有观看，无论关于的是画的情节、构图还是色彩，都属于观看者的常规经验范畴，伸展和沿续着画面叙事的时空框架。

这也就是为什么"小时间"这个观念突然震动了我——因为它把我带出这一常规时空框架。通过引入这个颇有自贬意味的词汇，那位讲演者提出魏登的画实际隐藏着另一个时间维度，因此具有更为独特和深刻的美术创造力。这个维度不属于日历和钟表所显示的宏观时间，无法通过量化被换算入年、月、日、时各种单位。它既断裂又衔接，由多个独立和平行的微小事件传达出来。每个事件持续数秒或十几分钟，全都处于基督从十字架被放下的短暂过程之中。没有任何福音书描写了这些转瞬即逝的事件，它们是画家的独特创造，也只能由视觉方式感知。感知的前提是观看者需要将眼睛尽量地迫近画布——他们因此忘却了画面的整体，逐渐充满视野中的是发生在小时间中的"微叙事"——基督的血和悼念者的泪。

让我们先注目于基督下垂的右手，令人疑惑的是他手背上菱形伤口淌出的血液竟朝着三个不同方向流动。最大量的血向左流至手掌侧面，但一注则转而向上，沿着手背的起伏上升到手腕。第三个方向是朝下：几滴血从伤口淌出但很快凝住，最远一滴停在第四指之前。对这些不同血痕的唯一解释，是它们指

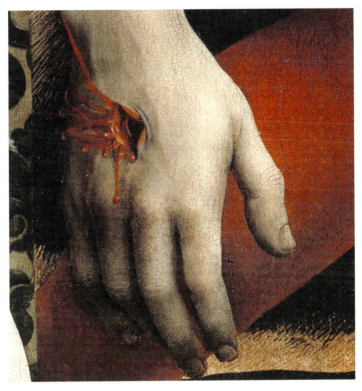

魏登,《卸下圣体》,局部,基督的右手

示着基督右手在三个不同时刻的状态：向左流淌的血液是当他
被钉在十字架上时形成的——那时他手臂平伸，血液因此流向
手掌侧面。（一旦注意到这一点，我们忽然意识到魏登在这里暗
指着所有《基督受难》绘画都不可能表现的角度——即钉在十
字架上基督的手的背面——因为在那些画里他都是手心向前。）
朝上流向手腕的那条长长血痕指示了另一个状态：或是钉在十

字架上的基督身体在某个时刻下沉，使胳膊与十字架的横梁形成角度；或是人们把他从十字架上松开后曾经擎起这只手，使它形成上举的姿态，创口的流血因此淌向手腕方向。最后，那些垂直向下的血滴与基督身体的当下位置吻合，它们的迅速凝固指示出基督血液的枯竭。

　　基督脚上的创口也流出大量血液，但走向相对单一，仅朝着两个方向流淌。几注平行血痕横向流入趾间，应该是基督钉在十字架上时，血液向下流淌造成。另一些从创口垂直向下的血滴，则是当人们把基督从十字架上放下之后，尼哥底母抱着他的双足，使之成为水平状态时所形成。与基督右手创口中竖向流淌的血液一样，后者从伤口流出后马上就凝固了。更仔细地观察这两种血痕的关系，我们发现第二种覆盖于第一种之上，形成的时间明显晚于前者。而第一种血痕中的一些在中途发生了转向——它们在基督身体移动的过程中尚未干枯，其变化的方向隐含了他身体位置的改变。

　　基督前额、肋间和左手掌心上的血液也都在讲述着这类细微的故事。我们可以称其为"微叙事"（micro narrative），都存在于整幅画的叙事之中但超越了后者的维度。它们的主角和发生场地都是基督的身体。根据血痕的描绘，我们可以在想象中重构出一系列事件和动作：基督手、脚上的铁钉被拔出来后——那个拔钉的年轻人还站在梯子上，手里攥着一把钳子——人们悲痛地把他的身体从十字架上降到地上。约瑟先是举着他的右

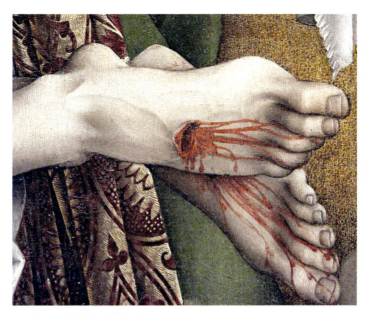

魏登,《卸下圣体》,局部,基督的双脚

手，然后缓缓地放下。尼哥底母则自始至终抱着基督的双脚，从十字架向左方牵引，使他的身体从垂直变成水平。基督的左手是最后被放下来的：梯上的年轻人仍然托着他的疲软左臂，而约瑟则以左手扶着基督腋下，使这只臂膀轻轻落下，接下去就会与基督的身体相合。我们忽然发现所观看的不再是一幅静止的画面，而是"过程"的视觉凝聚，其中的每个瞬间都被想象为前后时刻的连接和过渡。

寻访血痕

　　那次听讲带给我的第一冲动是立即前往普拉多美术馆观看魏登的这幅杰作。但马德里与芝加哥万里之遥，虽然我每年去世界上不少地方参加会议或策划展览，但西班牙首府却一直不在被邀地点之中。即便如此，"小时间"和"微叙事"的概念一经植下就不再离开。每次去美术馆或教堂参观基督教美术的时候，我的眼睛总会不由自主地搜索着血液的不同表现方式。我非信徒，一般不被画中的具体情节吸引，特别是由于相同宗教故事的构图往往千篇一律，甚至在同一教堂中反复出现。这些定型的场景剥夺了艺术家已然有限的自由，透露出他们个性的反而往往是易被忽略的细节：天使翅膀上的纤细羽毛、圣母脚下的柔嫩小草、雾气中浮现的远方山峦、屋檐下悬挂的半张蛛网。

　　血是基督教美术中的常见因素，尤其在《基督受难》和《卸下圣体》两个题材中不可或缺。它鲜红或暗红的形状成了我每次遇到这类画作时不断揣摩的对象，其细微变化所承载的信息量使我吃惊。在罗马的博尔盖塞美术馆（Museo e Galleria Borghese）里我看到拉斐尔（Raphael, 1483—1520）的《卸下圣体》（The Deposition）。与魏登笔下动人心魄的血流相比，拉斐尔对这种物质的描绘明显有意弱化：神子肋间、右手和右脚上的刀口和钉痕虽然直接暴露在观看者眼前，从伤口延出的

拉斐尔，《卸下圣体》，创作于 1507 年，木板油画，高 184 厘米，宽 176 厘米，现藏于博尔盖塞美术馆

却只有细细血线。但"弱化"并非画家的原意——拉斐尔描绘的是干涸了的血液，其黑褐与剥离指示着过去时刻中发生的事情。与魏登一样，他给予基督血液以一个特殊时态，进而暗示着画作的初衷和寓意。据画旁文字介绍，佩鲁贾（Perugia）贵妇阿塔兰忒·巴廖尼（Atalanta Baglioni）为纪念被害的儿子而委托拉斐尔制作了这幅祭坛画，陈设在家族小教堂中。瓦萨

里（Giorgio Vasari, 1511—1574）因此在《艺苑名人传》中说它表现的是"死者骨肉至亲在安葬时的悲哀：死者是他们最亲爱的人，一家的幸福、荣誉和安康全赖于他。"因此在拉斐尔的画中，死亡的瞬间已成过去，无知觉的遗体已从十字架放下，正被抬向画外的墓地。一反《卸下圣体》的图像志惯例，他把空荡荡的十字架画在远处高岗之上，两个微小人形正指着它对话，应是谈论着不久前这里发生的事情。画的主题因此是生者的记忆和持续的悲痛。

拉斐尔创作这幅画在魏登《卸下圣体》近七十年后，我们或可设想他对基督血液的描绘反映了一种新的绘画风尚。但这个设论难以成立：弗拉·安杰利科（Fra Angelico, 1395—1455）的同名画作（*The Deposition from the Cross*）也对流血进行了低调处理。而这幅画作于 1433 年至 1434 年间，与魏登的祭坛画几乎同时。

那是一个萧瑟的雨天，我在佛罗伦萨的圣马可修道院博物馆看到安杰利科的这幅杰作——它原来是为圣三一教堂作的祭坛画，后来被移至这里。画面衬托在金碧辉煌的尖顶、拱门和立柱之间，以柔和蛋彩绘制的人物和风景似乎发散出内在的光芒，透过室内的阴幂触摸着观看者的眼睛和灵魂。这里没有戏剧性的撕裂和悲痛，只有静默中潜藏的忧伤。银灰翳影笼罩着基督高贵、圣洁的裸体，在环绕的人群中安详长眠。他手、足和肋间的伤口历历可见，但不造成任何感官刺激。一条精致血线从肋

弗拉·安杰利科,《卸下圣体》,局部,创作于1433年至1434年,木板蛋彩,高176厘米,宽185厘米,现藏于国立圣马可美术馆

间伤口下延,鲜红的色泽似乎仍在微微颤动。与其是被基督的受难震撼,我们感受的是超越死亡的静谧。

很难想象对死亡的描绘能够更加单纯和美丽,它使人回想起"安杰利科"这个名字。

佛罗伦萨圣马可修道院中的僧侣宿舍

　　文艺复兴美术爱好者都知道这不是画家的本名，是后人把意为"天使"的这个词赋予了他，遂与他的美妙画作永远连在一起。安杰利科既是艺术家又是僧侣，他的教职所在就是现在陈列这张画的圣马可修道院，以后担任了该院的院长。他和他的门徒在修道院的僧房、回廊和楼梯上方画了几十幅壁画，其中不少表现十字架上的基督受难。我尤其被画在僧房中的那些画面震惊：光秃素白的斗室中，基督肋间伤口泉眼般狂喷鲜血。它与《卸下圣体》之间的强烈反差使我一刹那不知所措，但在僧房中静思几分钟也就获得了答案：基督的喷射鲜血赋予这个

罗马密涅瓦教堂中的安杰利科墓

私人空间以永恒的现在时——也就是神子受难的时刻。我想象着住在这些僧房里的修士年复一年、日复一日地独对着这个形象，一遍又一遍地经历这个永恒的现在时刻，在基督受难中一次次坚定自己的献身。博物馆说明员告诉我说安杰利科死后葬于罗马万神殿旁的密涅瓦教堂（Santa Maria sopra Minerva）。几年后我在那里找到他的墓碑，浮雕的他身穿僧服直立于拱门之下，遗憾的是造碑者没有在他手中放上一支画笔。

就这样，我在若干年里持续追踪着《卸下圣体》，寻找着基督的血在美术中留下的痕迹。那是个既无系统又无计划的追踪，

但断片式的自发观看也时时带来意外的惊喜和失望。鲁本斯
（Peter Paul Rubens, 1577—1640）的该题材作品（*The Descent from the Cross*）向我证明信仰与戏剧性的结合必然带来令人遗憾的通货膨胀：鲜血在角斗士般基督的强壮身躯上无节制地奔流，配合着强光的反差击出咏叹调的高音。而当我发现伦敦国家美术馆（The National Gallery）中赫拉德·戴维（Gerard

鲁本斯，《卸下圣体》，创作于 1612 年至 1614 年，木板油画，高 420.5 厘米，宽 320 厘米，现藏于安特卫普大教堂

赫拉德·戴维，《卸下圣体》，创作于 1515 年至 1523 年，木板油画，高 63 厘米，宽 62.1 厘米，现藏于伦敦国家美术馆

David, 1460—1523）的同题画作（*Lamentation*），则好像获得了对这种视觉夸张的一剂解药。它的作者是我不熟悉的一位尼德兰画家。画里的三个玛利亚——圣母玛利亚、革罗罢的妻子玛利亚和抹大拉的玛利亚——构成前景中稳定的金字塔结构，围绕着从十字架降下的基督遗体。圣母拥抱着基督僵直的头部和上体，他黝黯皮肤上的残存血迹必定印在了她的手、脸和衣服之上。另外两个玛利亚正在处理神子手脚上的伤口，抹去血痕，涂上香脂。血在这张画中因此成为隐形媒介，连接着基督与哀悼的人们。

由于我的专业领域并非基督教美术，所有这些旅行中的读画都属于英文称作 hobby 的业余兴趣，我也没有将观看心得写成文字的企望。但情况逐渐发生了变化：不知是不是受到这个 hobby 的影响，我在研究中国古代美术时也开始不断将眼睛移近图像和器物。观看距离的变化使我发现原来未曾注意的视觉现象和逻辑，进而希望把它总结成一种分析美术品的方法。第一次进行这类尝试是在 2015 年夏季举行的"第四次古代墓葬美术国际学术讨论会"上，我提交了一篇题为"'超细读'：马王堆一号墓中的龙、璧图像"的文章，起始处征引了二十多年前听到的有关"小时间"的概念，以及那个讲演中对魏登《卸下圣体》的分析。说来惭愧，仅在此刻我才想起应该找到那位讲演者的姓名，以便在脚注中提供这个概念的来源。

脚注的搜寻

我首先问了系里当时可能听过那个讲演的人，包括教意大利文艺复兴绘画的查尔斯·科本（Charles Cohen）教授和研究法国文艺复兴视觉文化的丽贝卡·佐拉奇（Rebecca Zorach）教授。二人都想不起来，也不记得听说过"小时间"这个概念。教授中世纪美术的罗伯特·纳尔逊（Robert Nelson）教授已转到耶鲁大学多年，我猜想由于他是当时的系主任可能记得，因此发信询问。但回信也说不了解此事并建议我去询问另两位已经退休的教授。

探索自己的记忆，我隐隐觉得那个讲演者似乎当时在圣母大学（University of Notre Dame）任职，后来转去了普林斯顿大学。上网搜寻后发现一位查利·巴伯（Charlie Barber）教授的经历与此符合，但网站上说他的领域是拜占庭美术而非尼德兰文艺复兴。我心想美术史家跨界研究的例子并不罕见，因此贸然给这位巴伯教授写了一封邮件，询问他是否二十几年前在芝加哥做过一个关于魏登的学术报告。回信来的很快，很有礼貌地否定了我的猜测。

至此我的探寻已近于山穷水尽，但突然出现的一个契机最终带来了我寻找的答案。

2015年在北京做了那篇"超细读"的讲演之后，我在两年后对它进行了修改增益，准备用在纪念挚友黄专（1958—2016）的一本论文集中，文中提到那个讲演者时姓名仍属阙如。黄专以前的学生、广州美院教授郭伟其读到稿子，告诉我一位美国教授十几年前在中山大学做过内容类似的报告。我托他寻找有关信息，几天后他传给我一个小图，是关于一个"文艺复兴以来西方艺术八讲"系列讲座的通知。该讲座于2003年11月12日至12月5日在中山大学举行，据他说有关魏登的那个讲演就在其中。但他发给我的照片既不完整，也没有列出各位讲演者的名字。继续的查询仍未发现讲演者名单，但郭教授说根据同事李清泉教授的回忆，那个系列讲座是美国学者姜斐德（Freda

Murk）博士协同组织。我和姜斐德是多年的老朋友，马上给刚刚从北京搬回纽约的她发邮件询问。她果然了解当时的情况并提供了那位讲演者的名字。至此我终于找到了任教于乔治敦大学（Georgetown University）的艾尔弗雷德·阿克斯（Alfred Acres）教授，随后给他发出了我的第一封邮件：

尊敬的阿克斯教授：

我是芝加哥大学的巫鸿。多年前你在芝加哥做了有关罗希尔·凡·德尔·魏登和"小时间"概念的一个精彩讲演，给了我巨大的启示。目前我正在完成一篇关于"超细读"的

文章，准备在一份中文论文集内发表，很希望能够引证你的
著作。不知你是否以某种方式发表了那篇讲演？我很希望得
到任何的有关信息。

　　祝好。

　　　　　　　　　　　　　　　　　　　　　　　　巫鸿

　　他的回信第二天就出现在我的邮箱里，其中写道："老实说
我不能确定你听到的是哪个讲演。但关于'小时间'我确实发
表过几篇文章，现传给你它们的出处和原文。"邮件后附有三篇
文章。阅读之后，发表于 2002 年的《微型物质史：早期尼德兰
绘画中滴水般的往昔》（"Small Physical History: The Trickling
Past of Early Netherlandish Painting"）明显基于我记忆中的那
篇讲演。但有意思的是，这篇文章中关于魏登《卸下圣体》的
文字只有半页长，而有关基督血液的形容仅占一小段，竟然比
我在本文开头时的描述要简略得多。看来我从听到"小时间"
的瞬间就开始了想象的驰骋，最终已分不清哪些是讲演的启示，
哪些是以后观察和思索的累积结果。

回归本源

　　我还可以做什么？讲演者已经找到，文章中的缺失注脚也
已补上。搜寻过程中偶然了解到的 2003 年中山大学的"文艺

复兴以来西方艺术八讲"系列讲座，也可作为美术史学科在中国发展的可书之事。但我还有一个夙愿没有完成，就是去普拉多美术馆观看魏登的原作。这个夙愿同时隐含着一个学术疑问：这些年来我已爬梳了芝加哥大学的图书收藏和所有能够找到的网站，搜罗魏登《卸下圣体》的高清图片。这些摄影和数码图像使我能够看到画中的细微笔触甚至油彩的裂纹，毋庸说流动的血液和眼泪。那么是否还有去普拉多的必要？观看原作的目的何在？是仅仅对这幅伟大作品朝圣，还是为了满足美术史研究的道德责任？是为了给一个学术历程画上圆满的句号，还是希望证明高清图像与原作的差异？

仍然没有人请我去马德里讲演或开会，我于是带着这些问题在 2019 年登上西班牙伊比亚航空公司班机，去往这个曾经在现代史上不可一世的帝国都城。我的住处离普拉多美术馆只有五分钟路程。穿过几弯卵石铺地的小巷，越过两条车水马龙的

马德里普拉多美术馆

大道，就到了这个古典美术殿堂的大门。我的计划是直奔魏登的《卸下圣体》，而把该馆极为丰富的提香、委拉斯开兹和戈雅的名作留到后面逐渐欣赏。在入口处打听到这幅画的位置：58号展厅，美术馆平面图里"中世纪美术"的尽头。我向它走去，心中居然有些忐忑不安：多年来的悬念即将化为现实，预期中的满足是否也会带来遗憾？走到展厅的门口就看到了它，挂在对面墙壁的中心。画幅不大，人物接近于真实人体比例。横陈于观看者面前，它带来的感受远非震动和惊悚，而是一种悲哀的私密，把观看者转化为悼亡之人。

　　对我来说它确实是太熟悉了，甚至在现场难以看到的细节——旁边的管理员不容许观看者过于靠近——我也能在脑子里即刻重构出来。但它带来的仍然是全新的经验，激起的是某

普拉多美术馆 58 号展厅

种无以名状的陌生感受。我自问为何陌生？答案是这是我第一次面对这张画的浑然一体，其中的故事、人物、场景、道具在同一时间进入视野，在交错复杂的关系中产生意义。这是画册和电脑图片从未带给我的经验，它改变了我和画面的关系，也改变了我对它的理解。似乎主控权从我手中消失，转移回作品本身。作品重新聚集起它固有的内在力量和神秘性，而我能够做和需要做的，是承认画作中的现场，把它作为浑然一体的作品观看，重新体会画家的语言与初衷。

一个新契机出现了：在这种现场阅读中，我的视线不再仅仅聚焦于基督和他的血液，而是不停地被其他人像吸引，而他们的动作和视线又不断地把我引回到基督身上。这些人同样在"小时间"与"微叙事"的层面上与基督互动，与基督血液构成对称表达的是另一种液体：他们脸上流淌的晶莹泪水。如同基督的血迹，泪痕再次被用作指示时间和身体状态变化的能指。

不论是因悲痛而晕倒的圣母还是基督的男女门徒，这些围绕基督的人都在哭泣。我的视线在"三个玛利亚"之间迂回比较，即圣母玛利亚、革罗罢的妻子玛利亚和抹大拉的玛利亚。圣母的身体正向下跌倒，肤色死亡般的惨白。她面颊上的两行泪珠已经停止流动，正在干涸之中。它们指示的是她"过去时"中的哭泣，因为此时她已失去知觉。

在《圣经》中，革罗罢的妻子玛利亚的唯一作用，是她在基督死亡时身在现场，目击了这一悲剧。魏登因此把她安置在

魏登，《卸下圣体》，局部，圣母玛利亚

魏登，《卸下圣体》，局部，革罗罢的妻子玛利亚

画面左上角——在这个位置上她可以看到整个场景。她被描绘为一个上了年岁的妇人，正用一方白手帕捂住双目，但眼泪仍从眼角涌流出来。与圣母脸上正在干涸的泪痕相比，这些滚动的泪珠表达的是此时此刻的哭泣。再转向画面右方的抹大拉的

魏登，《卸下圣体》，局部，抹大拉的玛利亚

玛利亚，她眼中流出的晶莹泪珠在面颊上形成一条条弯曲弧线。这说明她的头在前一时刻处于一个更为直立的角度——那时她凝视着正从十字架上放下的基督。巨大的悲伤使她不忍继续观看。而当她低头陷入沉痛无言的时候，她的眼泪却在继续流淌。

　　我在普拉多美术馆里的收获，因此可以说是再次证明了观看这幅名作中"超细读"的效用。但是由于现场中的《卸下圣体》牢牢地保持着自身的全貌，拒绝复制技术的割裂，"小时间"出现为全画的潜在机制，维系着整体构图的连贯，赋予这个熟悉题材以新的生命。我发现魏登之所以对血液和泪水描绘得如此细致，并不是因为他对这两种物质本身有特殊兴趣——如上所说大量中世纪和文艺复兴的宗教画都少不了这两种形象。他真正的目的在于通过描绘这两种液体，重新对这个著名圣经题材进行图像诠释。在这个诠释中，基督的血和周围人的泪既参与了整幅绘画的营建，又超越了宏观叙事而形成自身的时空维度。也许更重要的是，"小时间"使画家超越了宗教画的常规表现，把人物的微妙心理状态引入一个耳熟能详的故事。他画中的"时间"不再是基督生平事迹的"传记时间"，也不是《圣经》陈述这些事迹的"故事时间"，而是一种远为细致、截片般的微观纪录——当基督的血液从奔流到逐渐干涸，当追悼者的眼泪透露出他们心中的痛苦和哀悼。

§

但我必须在此打住——职业习惯把我带到撰写美术史论文的边缘。而我希望做的是讲述我与一幅遥远的艺术品以及与一位陌生艺术家相遇的真实故事。除我本人之外，这个故事里唯一的当下人物是乔治敦大学的阿克斯教授，他在近三十年后终于出现在我面前。

那是 2019 年 4 月初，我受美国国家美术馆邀请，在该馆开始了为期两个月的"梅隆讲座"（Mellon Lectures），讲题是"中国美术与朝代时间"。在乔治敦大学教中国美术史的王慧兰博士（Michelle Wang）邀我在该校加上一场。我答应了，暗想可能终有机会与阿克斯教授见面。他果然出现了，中等身材，文质彬彬，但是没有胡子。晚饭时我们坐在一起，我把话题转到他那次使我难以忘怀的讲演。使我大吃一惊的是，他微笑着听完

阿尔弗莱德·阿克斯和巫鸿，2019 年

我的讲述，然后彬彬有礼地说他从来没有在芝加哥大学做过讲演，也不记得在芝加哥城的任何机构介绍过他对魏登《卸下圣体》的研究。而关于"小时间"的讨论，他在写完那篇文章之后就放弃了，说起时如同打开尘封的记忆。

如果是这样的话，那么我上面对这个故事起源的追述便是子虚乌有。但那个讲演在我脑子里如此明晰，使我不由希望与他争辩："你肯定错了，我确实听你讲过！"（You must be mistaken, I did hear you!）但在这件事上谁对谁错其实并无关系，重要的是我们是在这个世界上以这种方式仔细看过这幅伟大画作的两个人，并且通过魏登的作品完成了一次灵感和思想的宝贵交流。

生　活

发现北京：场地的记忆

　　按：进入 20 世纪 90 年代后我开始写北京。为什么？原因很多，从世界到个人。

　　原因之一是离国十年之后我于 1991 年重返故乡，从而开启了生活中的一个新的篇章。从此以后我每年回北京一两次——也就是每年离开北京一两次。如果说对这个城市的记忆在以前十年中已逐渐沉入意识深处，那它现在又浮至表层，甚至得以与真实生活重新衔接。但是由于我的教职和家庭均在大洋彼岸，这种衔接不可能完整和恒久，而必须规律性地停顿和切断。这种候鸟般循环往复中对北京的重新体验，因此也总是游移于当下和往昔之间、现实和回忆之间。似乎刚开始重新触摸和体味，新的体验已在刹那间进入过去时态，附加在往日记忆之上，在随后的一年半载中成为不断回顾的对象。

　　而且也正是从 20 世纪 90 年代开始，北京进入了它漫长历史上最剧烈的变动时期。每次归国从机场驶入城区，面对的既是曾经生活过三十五年的熟悉古都，又是令人惊悚的陌生景象：吊车林立，泥水横流，森林般的高楼大厦在尘雾中崛起，压迫和取代着残破的胡同和平房。与北京重新接轨所调动起来的往日记忆一边被这些现时景观覆盖和模糊，一边挣扎着维持自身的清晰和延续。我开始感到"失忆"的危机——不是因为时日的间隔或记忆力的退化，而是保存记忆的场地正从地表上消失——那些亲密甚至私密的地点或已不见，或再次归来时将不复存。如果说众多回忆录中对故居或故城的描写常被赋予温馨惆怅的意味，此时我对北京的回忆却无法摆脱与当下的尖锐冲撞，二者的逆反和张力甚至成为重启记忆的条件。那情形有如爆炸留下的黑洞指向神秘的幽暗深处，吸引我以放大的瞳孔搜索和辨识阴翳中的形象。但无论是探寻的目光还是由此启动的记忆都被破碎的洞口框架，直至作为回忆入口的框架本身最终也成了记忆的组成部分。

回到一开始处提出的问题：为什么进入 20 世纪 90 年代后开始写北京？归根结底可能是因为此时出现了两个不同层次但又密切联系的"回归"——中国回归世界和我回归中国。全球、国家和个人的故事都在重写，北京也再次成为感受和意识中的敏感焦点。像是踏上一段新的旅程，面对着新的未知，我和北京的重逢所引出的张力导致写作的冲动和紧迫，使我放下手头的中国古代美术研究，开始思考和撰写《再造北京》（*Remaking*

Beijing）一书，最后于 2005 年面世。作为 2002 年"学术假"（sabbatical）的中心项目，我对它的定位是一项严肃的历史研究，探讨北京的视觉文化和艺术表现在现代史中，特别是在中华人民共和国成立后的变化。我所观察的主体不是通常意义上的城建规划或都市功能，而是使北京成为崭新社会主义首都的自我认知和呈现。新北京的"原点"在哪里？为什么"展览型建筑"成了公共空间的核心？这一新的空间体系如何塑造人们的时间经验，进而转化为礼制化的公众日程？意识形态和权力概念如何通过象征图像和空间结构得到体现？人民和领袖如何通过庆典仪式进行沟通？这种沟通又如何成为视觉表现的对象？

　　"历史"是我的知识训练和学术写作的基础。虽然从理论上讲我不相信历史叙事可以完全客观地就事论事，历史学者的职责仍使我尽量以观察者的视角进行第三人称的书写。然而这一规范受到这本书的强烈挑战：我在北京长大，书中讨论的很多公共地点也是我的私人记忆场所。这些场所之一是天安门广场，我和它的关系可以追溯到 50 年代初的家庭出游，随后由小学四年级时首次参加国庆典礼而更加深化。作为中学生和大学生的我多次在游行队伍中从天安门前走过。1972 年进入故宫博物院工作后我住在紫禁城内八年之久，天安门即为过去的皇城大门。1976 年 3 月末到 4 月初的那个激荡时段里，我天天骑车从这个大门穿过，融入聚集在广场上悼念周恩来总理的悲恸人海。90 年代重返北京后我屡屡来这里缅怀，此时的广场沐浴在霓虹灯的辉耀之中，展示着鲜花组成的公共雕塑——我称为"软性纪念碑"（soft monuments）的一种后现代政治艺术。

这些经历显然与我对北京的写作息息相关，但个人记忆和历史研究有着何种关系？二者在学术写作中如何共存或互补？这是学院教育所不曾回答的问题。与之有关的困惑还包括：由于记忆必然是主观的而且零乱琐碎，历史学者是否必须压抑它们以确保客观的历史重构和阐释？历史叙事能否通过与个人记忆的结合而变得更为生动有力？书写者是否可能同时具有历史学者与自传作者的双重身份？

这些问题促使我阅读了不少有关历史和记忆的著作。但我最后采用的书写方式并不来自任何理论学说，而是基于一个更为实际和直觉的认识——即对我来说，北京的历史叙事与个体记忆一方面难以分离，另一方面也无法完全融合。我因此决定在这本书中以两条平行的线索讲述北京的故事——一条是集合性的历史叙事，一条是回忆性的个人叙事。前者把北京作为第三人称的外在客体进行调研，使用文献、建筑规划、回忆录、老照片、绘画图像等一切可供追溯北京历史的材料，以重构这个城市变动的结构及意义。回忆性的"自我叙事"（self-narrative）则以第一人称重述本人与北京的具体相遇，同步式地启动碎片般的经验，如同对它们进行再次体验。这两条线索有着同一时空框架，但以不同的时态、人称、叙事模式和印刷字体打断彼此的持续和主宰，挑战各自的实在性和权威性。我设想这种既合作又对立的叙事或可凸显出我的特殊身份和写作状态——既是历史研究者也是私人记忆者，既是外在观察者也是内在体验者。

此书尚未翻译出版，以下片段是从书中对童年和少年时期的记忆摘选出来的，涉及的是学龄前到中学时段我对北京的发现，此次转写时有所修改和增益。另一改变是它们在原书中以特殊字体与正文中的历史叙事相区别，如同突然浮出的记忆碎片，打断了逻辑性和实证性的学术讨论。这种张力在此处消失了，但上文的简介提供了这些片段的写作来历和原境。

钟鼓楼

第一次知道这个故事是从李妈——后来改叫李阿姨——那里听来的。

古时候的一位皇帝修了北京的钟楼和鼓楼，是北京城里最高大的建筑，因此也得铸一口最大的铜钟挂在钟楼上面报时。一位有名的铸匠应召前来造钟，但是试了许多次也没法铸成，不是样子不好就是音调不正。皇帝等不及了，大怒之下命令如果再造不出来，就要把匠人斩首祭钟——一位道士说造这么大的钟是对神灵的冒犯，必须用人血平息上天的怒气。这个消息传到铸匠女儿的耳朵里，当父亲又一次建起钟模，把火红的铜汁浇进模型的时候，她就纵身跳了进去，永远化作大钟的一部分。父亲急着拉住女儿，但最后一刻只抓住了她的一只鞋子。这次铸造的大钟无论是模样还是音调都十分完满，可是每次撞钟的时候，击出的钟声总带有长长的"鞋"的声音，人们说是因为铸匠的女儿还在寻找她那只丢掉的鞋子。

李妈的事情会在本书另一篇回忆里讲，这里只需要提到她是"旗人"，就是清朝在北京留下来的满族人。她星期日带我去鼓楼后边吃早点，见到一些生人的时候会问"在旗吗"。我开始不知道是什么意思，以为就是打个招呼。后来才知道"旗"是清朝的一个制度，先有满八旗，后来又建了汉八旗和蒙八旗。李妈的祖上属于正经的满八旗，但好像是镶了边的旗子。

去鼓楼后边吃早点是李妈生活里的一件大事。她大约一个月去一次，都是星期天靠近中午的时候，不太早也不太晒。出行一两天前她就开始打点，把蓝布衫洗干净、晾干，放在枕头底下压平。她说这样穿出去特别平整，"显得干净"。星期天起床后她就开始漫长的梳妆打扮，我那时很小，总会去二门外她的那间小屋里，斜躺在平板床上津津有味地看她一道道地洗脸、洗脖子、擦上身、梳头、描眉、扑粉、戴耳环。她也不赶我走，始终面对着墙上挂着的那面小镜子，知道身后有个观众。最后，她抹了头油的头发平平地贴在头上一丝不乱。脸上淡淡一层薄粉，衫子袖管两边各有一条笔直压痕，确实"显得干净"。她变得和

钟楼、鼓楼、什刹海（由远及近），1935 年

平日做饭、清理房间的李妈完全两样，但是一点儿不张扬。

然后她就带我上路——这是父母答应过的，不需要每次都得到批准。出了胡同就是后海，隔岸已经能够看见远远的钟鼓楼，一前一后的两个突兀身影。那时候的后海还没修栏杆，周围也没栽种那些高高的白杨，景色远比现在辽阔。从我们家走到鼓楼需要十几分钟，先是沿着后海南岸走到银锭桥——这座桥在那时候的比现在要窄上一半，虽然位置没变，样子也差不多。过了银锭桥就是烟袋斜街了，是我特别喜欢的一个地方。最主要原因是街中间的金钟书局，名为书局实际是个租小人书的地方，我和它的故事需要另文专述。烟袋斜街里的另一去处虽然从未进去过，但总是引起我的遐想。那是靠近街头高台阶上的一个店铺，门脸前边立着的几个比我还高的大烟袋，是头上有

烟袋斜街的老烟袋铺，门外立着的大烟袋早就拆掉了，
2004 年

个铜烟袋锅、笔长挺直的那种。我喜欢把它们想成是一种邪门
武器，记得在金钟书局读过的一本武侠小人书里有位武艺高强
的烟鬼，用的就是这种家伙。

从烟袋斜街出来几乎就在鼓楼底下了，钟楼在它北边，有
点像是藏在它身后。我总觉得鼓楼是男的，钟楼是女的。鼓楼虽
高但更宽厚，钟楼则是高挑瘦长。鼓楼的彩绘虽已褪色但仍通
体赭红，而钟楼是青砖砌的，素净典雅。当然那时候我不会这么

鼓楼老照片，20 世纪初

钟楼老照片，20 世纪初

形容，但心里觉得就是这样。进到鼓楼和钟楼之间的那块空地，就好像被它们两个从南北两头拥夹在中间，像是进了一个大院子，而李妈也好像是回到了自己真正的家。初到之后她会走上一圈，和先到那里的熟人打招呼。这些人有男有女，提着鸟笼的男的凑在一起；女的坐在另一处拉家常。李妈和他们打招呼的时候总会把两手攘起来放在腰侧，往下蹲两蹲，说"大爷，您老

老北京街上的商业和娱乐活动：庙会（左上）、吃炸酱面（右上）、猴戏（左下）、代写书信（右下），20世纪上半叶

好呢"，"二姑，您好呢"之类。她每次总会给我买个马蹄烧饼或是螺丝转，这是我最喜欢吃的东西。然后就没完没了地查看周围卖早点的摊子，看哪家的新鲜，哪家做得细致，最后叫上一碗灰不拉几的豆汁，两碟小菜，一份油炸果子，坐下来细细地品味。我尝过一次豆汁，又苦又酸，一下就吐在了地上。有一次可能是过节之前，她点了一份煮馂馂，给我尝了一口，比豆汁要好吃得多。

她吃早点时我就在周围转。20世纪50年代"大跃进"之

曾置于钟楼下面的大钟，现藏于大钟寺古钟博物馆，
1992 年

前，钟鼓楼间的这片地方有不少卖东西的地摊，把药材、古玩、
书籍、盆花、金鱼摆了一地。周围还有耍猴的、练把式的、算命
的、代写书信的，每个摊子前都聚着一堆人，引起我的好奇心。
李妈不让我走远，说有"拍花子"的坏人专门把小孩哄走卖了，
即使呷着豆汁也总在眼角看着我在哪儿。饭后我们会在钟鼓楼
周围转个圈，那时候这两个建筑都不让上去，但钟楼底下放着
一个几人高的大钟。也就是在这儿她给我讲了那个铸钟匠女儿
的故事。

紫禁城和天安门

　　一直以为自己小时候唱过《我爱北京天安门》这首歌，这说明记忆是多么不可靠。因为以我的年纪是不可能在童年时期唱过这首歌的——上网一查就知道它在1970年才诞生，由一个五年级小学生当年撰写，随即在全国流行。它只有四句歌词，在歌本中重复三遍，但在现实中则常常是循环无穷，你甚至可以想象唱歌的孩子们在歌声中逐渐长大：

　　　　我爱北京天安门，天安门上太阳升。伟大领袖毛主席，指引我们向前进。我爱北京天安门，天安门上太阳升。伟大领袖毛主席，指引我们向前进。我爱北京天安门，天安门上太阳升。伟大领袖毛主席，指引我们向前进。

　　那为什么会以为小时候唱过这首歌呢？——我不禁自问。唯一可能的回答是听到的次数太多了，而且那熟悉的旋律总是与儿童的欢乐面庞同时出现——不论是在生活中还是在电影和电视里。久而久之，这些图像和旋律与自己对童年的记忆混杂在一起，儿时的照片取代了电影和电视里唱歌的孩子。也许心理学学者会有更为专业的名词，但对我来说这似乎证明了记忆就如海绵，能够把新的经验不断吸收进去。与确切的时间相比较，倒是地点和场所更为恒定——它们是吸附记忆的海绵本身。

小学二年级时的作者，1952 年

　　对记忆的搜索因此有些像是考古发掘，一点点分辨出累积
的层次，将其重新纳入时间坐标。最下面的"地层"可能轻薄
无形，它的重要性在于确定了记忆的场所，开启了随后的积累。
沿循这个路径，我在记忆中找到第一次和天安门的相遇。那是
我小学一二年级，一个星期天父母带我和姐姐去紫禁城参观，
就是原来的皇宫。由于我们住在北城，最方便的方式是从紫禁
城北边的神武门进去，父母告诉我说那也是故宫博物院的大门。
这我原来不知道，我以为紫禁城和故宫博物院是两个地方。到
了神武门我很惊讶于门楼的巨大，还有围着城墙的护城河如此
宽阔，每个墙角上立着一个形状奇特的亭子，像是把好几个房

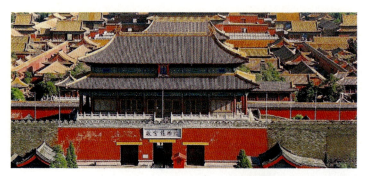

故宫神武门（上图）和筒子河（下图）

顶四面八方地叠加在一起。

　　与故宫的首次见面并没有给我带来太好的印象。只记得穿过一个又一个院子，每个长得都差不多，都有一个宽阔的正房，中间都放着一把大椅子。有些房间里摆着铜器或瓷器，有些挂着书画，黑乎乎的看不清楚也引不起我的兴趣。而且那是个炎热夏日，大殿周围寸草不生，也找不到一棵遮阴的树木。再加上接近中午又渴又饿，到太和殿时我已到达失控哭闹的边缘。母亲鼓励我再坚持一段，因为前面不远就是天安门了。这确实让我打起些许精神，因为天安门是所有孩子都最向往的地方。

可是母亲说的"不远"很快被证明与事实不符：从太和殿继续往南走过几个越来越大的院子，穿过好几座城门一样的门楼，天安门还是没有在眼前出现。最后，顺着一条长长的青石路又走了很久，母亲终于舒了一口气说："看，我们到天安门了！"但她的话带给我更大的迷惑，因为面前的这幢建筑既没有熟悉的毛主席像也没有国徽和华表，因此和我画过多次的那个天安门完全不一样。只是当我们从它底下的门洞穿过之后转过身来，我才看到我熟悉的天安门。我和天安门的第一次见面因此是从它的背面，而且发现它真的是个"门"。

天安门的背面

天安门广场

我在北京后海边上长大，虽然远离市区中心，但很小就知道天安门广场是城里最不得了的地方——广播员和大人们提到它的时候常常带着一种说不清楚的声调变化，和说到别的地方都不一样，是那种忽然挺直上身、肃然起敬的意味。在我的想象中，天安门广场一定是个广袤无边、不带一丝含糊的去处，和家旁弯曲的胡同还有杂草丛生的后海截然不同。我家附近的辅仁大学有一个很大的操场，但没有人管它叫广场。我也知道天安门非常不得了，那是毛主席观礼的地方。很多图画里都能看到

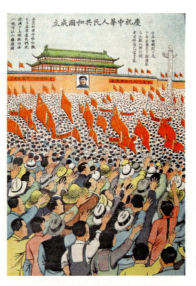

庆祝中华人民共和国成立宣传画，1949 年

20 世纪 50 年代后期的中关村

它，常常放射着五彩光芒。有一段时间我以为毛主席就住在那
个大庙一样的门楼上边。

　　但在这些想象和印象之外，天安门广场何时进入我的生
活，成为自己的独有经验？（这里说的不是天安门，几年前我
已经看到过它而且发现它原来是个大门。）搜寻记忆，脑海里浮
现出的是十岁的自己，京城西郊保福寺小学四年级的一个插班
生。父亲的工作单位经济研究所，还有其他一些隶属于中国科
学院的研究所，在此之前不久搬到了中关村，那时是一片广袤
的田野和坟场。我随父亲搬来这里住进一座新建的职工宿舍，
母亲和姐姐留在城里后海旁的小院里。我没问过父母为什么是
我而非姐姐移居郊外，也可能"出城住"尚有些危险和挑战的
意味，是男人的事情。不管是否如此，这个解释很投合我的自我
想象，也符合中关村当时的自然景观。我每天上学要走上两三
里的土路，中途回头一望，空旷的田地里散布着孤零零的研究
所楼房和一个锅炉房大烟筒，此外没有一丝城市意味。

　　保福寺小学坐落在一个黄土坡上，教室由一座废庙的大
殿改建而成。殿里腾空放了几排课桌，四周墙上却还残留着壁

画和泥塑。其中有一个带兜肚的童子泥像，灌进水去会从下面
尿尿。学生由两个群体组成——城里来的科学院孩子和本地的
农村孩子。我从后者那里获得的知识包括如何抓蟋蟀、养蟋蟀
和斗蟋蟀。我学会了如何辨别"红沙头""青金翅"和"棺材
板"，也知道了最棒的蟋蟀总是住在不同凡响之处，或是坟墓
周围或由毒虫陪伴，比如红色的赤练蛇、大号癞蛤蟆或是成
群的蝎子。相比起来，科学院的孩子就没意思得多，包括他们
（实际是"我们"）用来和本地孩子作交换的东西：一般是早饭
时藏起来的白馒头，用来交换棕褐色的酸枣面。只要想到这种
土疙瘩一样的东西我就会唾液涌出，那是从来没有尝到过的奇
珍异味。

巫鸿，保福寺小学毕业证书，1957 年

那年 9 月初，校长在星期一早上全校集合时宣布了一个重要消息：本校的三名学生将参加十月一日在天安门广场举行的国庆大典。被选人的名单在随后一周中公布，我居然名列其中。父亲听到这个消息很高兴，似乎证明了我不知道的关于自己的什么东西。他破天荒地第一次亲自带我购买衣物——平常这总是妈妈分内的事情。父子二人去到海淀镇的一个百货商店为我选购一双白力士球鞋和白袜子，这是除了白衬衫、蓝长裤之外的另两项着装要求。

10 月 1 日那天我在凌晨两点被唤起——从中关村去天安门广场就像后来的跨省旅行。由于连接京城和西郊的 32 路汽车清晨才发第一班车，一位男老师蹬着一辆平板三轮把我们三人送到附近的清华园火车站，乘上一列小火车在黑夜中到达京城西北角的西直门。从那里我们再搭上清晨中的市内公交汽车，去到城中心的不知什么地方，然后随着教员步行到天安门广场。

奇怪的是，这趟旅行是我对那天的最清楚记忆——我有生第一次感到北京的巨大和从边缘到中心的遥远。相比而言，那天的其余部分充满了单一印象和越来越沉重的疲惫。到达广场之后我们被带到指定地点，每人的位置有一个白色标记，周围是无数穿着同样白衬衫白球鞋、拿着粉红纸花的男孩女孩。我极其失望地发现——我们没有被如此事先告知——一整天我们都会站在这里，而不像我想象的那样，会从天安门前游行走过。

十一国庆节

我们唯一需要做的是在看到毛主席在天安门城楼上出现的时候欢呼和摇动纸花。但这个让我尚怀期望的许诺不久也被证明完全无法实现——不但因为我们的站立处离天安门城楼有几百米之遥，还因为我的视线无法穿透面前晃动的纸花森林。被巨大的欢呼声持续环绕，我感到自己的声音越来越微弱和遥远，消失在包含自己的无边群体之中。

苏联展览馆

回忆 20 世纪 50 年代，好像所有新的事情都和苏联有关，

所有和苏联有关的也都是最新和最有意思的事情。苏联是革命同
志又是亲密的老大哥，街上处处能看到"苏联的今天就是我们的
明天"的标语。未来似乎从来没有过如此光明和清晰：金发宽肩
的苏联工人和农民正以无穷威力击垮资本主义旧世界；列队穿
过红场的苏联少先队员代表着社会主义的光明前景；克里姆林
宫尖顶上的红星映射出新世界的曙光。这些图像铺天盖地，充
满报刊、电影、书籍和招贴画，唤起中国人的赞美，也激起模仿
的欲望。

　　在中央戏剧学院教书的母亲和她的女同事，马上按照苏联
女性的样式烫了头发（后来我发现当时的西方帝国主义国家的
女性也流行同样的发式）。有时她让我陪她去"做头发"，地点一
般是鼓楼大街后门桥旁的一家叫"怡乐也"的理发馆，文绉绉的

宣传画，1953 年

"做头发"，1950 年

名字和母亲弯弯曲曲的头发在我脑子里怎么也连不起来。

那是些长得不能再长的沉闷时光，我把带去的小人书看了两三遍也只进行了一半。但"做头发"的过程也确实相当惊悚，因此吸引了我，整体观感和看变戏法差不多。母亲的头发先被分成无数小绺，用纸包上，然后缠在一个个卷筒上，每个卷筒夹上一个大夹子，后边通着粗粗的电线。最后她的脑袋挂在天花板上垂下的几十根电线上，一动不动地待上个把钟头。她一般不和理发师或邻座的顾客聊天，总是聚精会神地读一本大书，一般是莎士比亚全集——我知道她是"莎剧专家"。我常常看她的样子看走了神，她头挂小树林般的电线阅读莎士比亚的奇景也就永久印在我的脑子里。偶尔她会把眼睛突然从书上抬起来紧急地呼叫理发师，后者也就赶紧跑过来检查她的发卷，其中一个已经开始冒烟。

和母亲烫发相关的另一个 20 世纪 50 年代记忆是叫作"布拉吉"的连衣裙，从名字就知道是从苏联传过来的。当时年轻的大人们爱唱一首不让小孩唱的歌，名字叫《喀秋莎》，唱的是梨花盛开的时候喀秋莎站在河岸上，驻守边疆的年轻战士怀念着这位远方的姑娘。据说布拉吉就是喀秋莎穿的裙子，可是我弄不明白为什么一种很厉害的苏联火箭炮也叫喀秋莎。

我觉得母亲穿上布拉吉特别好看，因为它有鼓起的短袖和束紧的腰带，宽敞的裙子走起路来一摆一摆的，好像总有风吹似的。我也喜欢跟母亲去鼓楼大街新开的花纱布公司买衣服料

新款女装和衣料，1956 年

子，那里一卷卷的布和绸子排成长列，展示着各种颜色和花样。我特别喜欢"泡泡纱"这种布料，摸上去凸凹不平，好像是魔术师变出来的——人们说它也是苏联老大哥发明的。母亲在以前的照片里总穿单色旗袍，虽然也好看但有点太严肃。我喜欢看她穿着布拉吉，和她的女同事一边开玩笑一边笑的样子。

这个"苏联热"在我随父亲搬到中关村的时候达到了顶点——每个人都兴致勃勃地谈着正在兴建的苏联展览馆（1958年后更名为北京展览馆）。我成了这项工程的热心目击者：每次周末乘公共汽车回后海小院的时候，总会在动物园站附近经过展览馆的巨大工地，看到它的身形从积木般的脚手架中慢慢显现出来。这几秒钟之间的"目击"成了随后几个月回后海的动力：当汽车快要到达动物园站的时候我就会凑到窗边，把脸贴

建造中的苏联展览馆，1954 年

在玻璃上等着展览馆的现身，希望看到它又长高了一截。当高耸的塔顶最后被安装上去的时候，我觉得这是我见过的最奇妙的房子，像是幻想中的城堡。在食堂吃饭时听到父亲同事说这个尖塔用了多少公斤纯金，塔顶上的五角星有几吨重，我脑子里想的总是那个钻到天空里的形状。它和我熟悉的北京平房正相反，伸的那么高那么远，好像永远不会停下来。我想象不出人类怎能造出如此不可思议的东西。

展览馆在 1954 年终于建成，里面展示着苏联老大哥在所有方面取得的伟大成就。一般需要登记很长时间才能拿到参观票，但父亲居然办成了一件了不起的事，使他的形象在我心里大大升高：他不但在展览馆开幕后第一周就给全家找到了票，而且我们还将在馆里的莫斯科餐厅吃饭。终于等到参观的那天，虽然我已反复听到过这个展览馆是多么巨大雄伟，虽然我也从远处多次看到过它金色尖顶，但走近时我还是被惊呆了：尖塔显得更加高大，两旁的柱廊像是弧形长臂把我们拥抱进去。柱廊由十六个拱门构成，弧形顶端装饰着不同徽章，父亲说它们代表苏联的十六个加盟共和国。广场中间是一座巨大的喷水池，

苏联展览馆莫斯科餐厅西餐份饭收据，1954 年

苏联展览馆，1954 年

苏联展览馆建筑细节

弧形水柱聚在中心，构成一个阳光下闪耀的水晶宫。

　　展览馆大门后面隐藏着无穷无尽的展厅。我发现我对展览本身兴趣不大——不仅工业馆和农业馆里的机器不吸引我，就是文化馆和艺术馆里的书籍和绘画也没有带给我多大惊异。我更喜欢那些焰火般的吊灯和柱子上的装饰，展示出永不重复的线条组合。那天的高潮是进入莫斯科餐厅，我从没有见过这么魔幻的地方。首先是它的高大和宽敞，让我想起童话中的王宫。粗壮的青铜柱上浮雕着松枝和小熊，高耸的天花板上悬挂着美丽的白色雪花，正前方墙上的大油画描绘着涅瓦河畔的克里姆林宫，金鱼在下面的绿色喷水池里游动。

　　最后我们去到展览馆后端的露天剧场听音乐。我再次惊叹于它的廊柱和浮雕。但是我们的座位相当靠后，舞台上的音乐家如同微形玩偶，他们演奏的音乐也和收音机的广播差不多。

苏联展览馆露天剧场，1954 年，冯文冈 / 摄

精疲力竭，第一首曲子结束之前我已沉入梦乡。

"十大建筑"

　　那次参观苏联展览馆之后的几年里，我没有对北京的建筑
发生过同样的切身兴趣，直到五年后的 1959 年，一组更庞大的
纪念碑式工程被计划和实施，不但彻底改变了首都的面貌，而

且也带给我另一次被建筑吸引的机会。

1959年是十周年建国大庆，也是"一天等于二十年，跑步进入共产主义"的"大跃进"高峰时期。举国上下沉浸在超英赶美的热潮中，到处大炼钢铁，种实验田。共产大同世界似乎已经降临，私有制度转瞬间土崩瓦解。公社里的大锅饭随便吃不要钱，家里的炒菜锅可以砸掉，因为有了大食堂。壮志凌云的打油诗铺天盖地，最可爱的一首我现在还记得："青年劲头赛赵云，壮年力气赛武松，少年儿童像罗成，老人干活似黄忠，干部策划胜诸葛，妇女赛过穆桂英。"

我那时是北京101中的初中生，这个学校建在西郊圆明园旧址上，共和国建立时从解放区迁徙至此，是一个有着光荣校史，有郭沫若作词的校歌和书写校名的"具有革命传统的学校"。"大跃进"高潮中的师生们走出了课堂，加入了超英赶美的大军。我们在操场旁边用泥坯垒起土制小高炉，把从家里找来的锅子锤子熔成一堆废铁。"万斤实验田"先是被掘成一个深坑，施上几十层有机和无机肥料，因为热量太高而使撒上的麦种无一发芽。此外我还参加了美术组，跟随高年级组员在校园里画"大跃进"壁画。美术老师陈葆琨（后来在"文革"初期被造反派学生打死）带着几名高年级学生制定画稿，我们这些低年级的组员在砖墙上打格，把稿子放大成壁画。我最近在网上看到一张老照片，是当时美术组的中坚人物耿军站在一张壁画前的留影（后来发现他是我大学同学张郎郎失散多年的亲哥

"大跃进"宣传画

北京101中"大跃进"时期宣传画（前方站立者为美术组成员耿军），1959年

　　哥）。我一下记起这就是我当年参加制作的那幅壁画，我的任务是给中间的那个扁圆脸的女孩子涂色。

　　也就是在这个狂欢气氛中，我们兴奋地期待着"十大建筑"的建成。建设这组新地标向国庆献礼的计划是党中央于1958年提出来的，全国建筑部门以至广大群众随即卷入了对它们的畅想。我们学校组织学生去附近的清华大学访问，参观建筑系师生设计的国家大剧院模型。"十大建筑"的最终名单在1959年2月公布，我很遗憾地发现国家大剧院不在其中，确定下来的是人民大会堂、中国革命博物馆和历史博物馆、军事博物馆、农业

毛主席审查人民大会堂建筑方案，1958 年　　　　　塔特林设计的第三国际纪念碑模型，1919 年

展览馆、民族文化宫、工人体育场、北京火车站、民族饭店、华
侨大厦、钓鱼台国宾馆。此时离国庆节只有数月时间，但革命人
民没有什么不敢想、想了干不成的事情。随后的情况是人海战
术、遍地开花，报纸和无线电不断报道"十大建筑"的飞速进
展，我和几个同学争相收集最新的消息。

　　学校从 9 月初开始准备国庆节那天在天安门广场上的游
行。除了制作纸花、标语牌之外，最重要的一项是设计队伍中央
的彩车。校方为此组织了一个竞赛，老师学生都可以投稿，在教
学楼走道里挂出展示。大部分设计和"大跃进"主题有关，基
本上都无法实现。我的方案是个钢铁高塔，由几辆卡车牵引着
经过天安门广场，全班同学站在塔的不同层位上向领袖招手。
我从未奢望这个计划能被采纳——我们学校总共只有一辆老卡
车。之所以画了这个草稿是因为不久前在书上看到的塔特林设计的第三国际纪念碑模型，特别倾心于它的倾斜和旋转的样子。最后中选的方案在我看来特别没有意思——是个炮弹型的银色火箭，据说象征征服宇宙的豪情壮志。美术组的任务是在一周中造出这个能够载人的模型，我因此两三天没能睡觉。

十一那天的游行比我小学时参加的国庆观礼有意思得多，因为我们可以簇拥着这个模型从天安门前走过，也因为我们穿上了盼望已久的校服。那是仿照苏联苏沃洛夫军事学校校服的设计，一样的大檐帽，一样的套头上衣，只是没有肩章和高筒靴。游行结束后走出西长安街，我听到旁边观众猜测我们是不是警察学校学员。

回校后一腔热情仍沸腾不已，我和两个同学决定当晚徒步

苏沃洛夫军事学校学生，1959 年 9 月 20 日

前去瞻仰刚建好的"十大建筑"。因此在熄灯铃拉响之后——那时的 101 中全部住校——我们悄悄离开宿舍，走出学校大门。一旦到达街上，我们开始一边正步走一边唱我们知道的所有革命歌曲。我们的目的地是天安门广场——那里有新建的人民英雄纪念碑、人民大会堂和革命历史博物馆。但是由于没有计算从学校到那里的距离，到达时已是凌晨，我们也都精疲力竭、喉咙沙哑。但站在广场上的我们是如此自豪，似乎完成了一件重大使命。天明后我们继续沿长安街往西去到新建的火车站——那里有北京第一台自动扶梯。当我站在上边看着脚下车站大厅逐渐远去，我忘记了所有的疲劳和困倦，似乎塔特林的纪念碑已经成为现实，负载着我向上盘旋。

北海

北京有名的公园中北海离我家最近，但只是将近初中毕业时我才真正发现了它。在此之前它对我来说就是个公园而已，既没有天安门广场的光环也没有胡同里的土里土气。我从幼年起就去过那里多次：父母带我们去那里划船，我也看到过 1956 年建成的少先队水电站。报纸上说这是国家给少年儿童建造的第一座自动化水电站，但我从来没有机会去里边观摩，更不用说动手实际操纵。

说实话那段时间里我对北海有点烦，一个原因是我特别不

北京火车站，1960 年

喜欢《祖国的花朵》那个电影（1955 年上映），特别是那首走红的主题歌："让我们荡起双桨，小船儿推开波浪，海面倒映着美丽的白塔，四周环绕着绿树红墙。"也可能是我有点嫉妒：为什么演主角的张筠英比我大不了两岁但是那么有名，不但国庆节在天安门上给毛主席献花，而且还成了中国儿童里最出名的电影明星？但我知道这并不是真的原因，我不喜欢这部电影是觉得它特别假，所有大人小孩都是一副做出来的表情，而这种感受在儿童演员于白塔背景前唱起"让我们荡起双桨"的时候到达了顶峰。这种反应和我当时开始发生的逆反心理有关：下一篇关于"读书"的回忆，会说起这之后不久我开始逃离学校，在书籍和孤独中寻找慰藉。

　　但也正是这种青春期的离群诉求使我发现了北海。到了初中二三年级，也就是 1959 年和 1960 年的时候，任何假期都构成对我的一种特殊挑战：虽然不去学校过宿舍生活令人高兴，

电影《祖国的花朵》中的北海荡舟

但成天待在家里也使我窒息。解决的办法是晨出暮归到外边去读书或画画。但长长一天去哪里？书店和戏院是两个经常的去处，却都不可能维持长达一个多月的漫长时段。我在家周围方圆几里之内转来转去，寻找能够不受干扰、安静地待上几个小时的去处。我走遍了前海、后海和西海周围的街道公园和接待外人的景点，尝试了景山的五个凉亭和山前山后树丛中的坡地，还有故宫筒子河畔任何可供栖坐之处。但所有这些地方都提供不了我需要的独处静谧，不是离街道太近就是充满游客和孩童的喧哗。只有北海与此不同——我突然发现它非常广大而且在"大跃进"热潮中游人罕至。它最好的一点是含有许多表面上看不见的地方，一旦发现它们就好像是找到了"芝麻开门"的洞口，被引入越来越多的秘密。

　　这些藏地中的佼佼者是那些园中之园，最有名的是静心斋和画舫斋。静心斋里的叠石好像是道士幻出的障身法术，进入之后只感到自己的存在。我惊讶地发现此地是清朝皇太子的书斋，自然是最好的读书之处。比较之下画舫斋则过于开敞，园中池塘犹如北海大湖的缩影。我最心仪的是离此不远的濠濮间——大多数人不知道这个去处甚至没听说过它的名字。潜伏在土山后边的这个小园有一座九曲石桥，曲曲折折地跨过一泓清水。桥尽头的濠濮间是一开敞厅堂，坐在那儿读书几小时也见不到一个游客，我也从那里多次画过那座永远琢磨不清透视关系的石桥。厅堂后面的一条曲廊延至山顶，继而盘旋沉入小小谷地。

　　我的另一重大发现是在北海中心的琼岛，岛的名字隐含它是浮在海上的仙山。山顶是著名的白塔，塔体坐北朝南，塔后的北坡被几条高墙分隔，形成难以接近的不规则空间。沿墙寻到暗藏小门，进入之后就能看到高树间的假山和山洞。突然间它

北海濠濮间

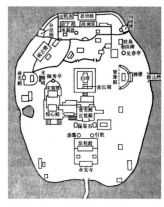

北海琼岛平面图

北海承露铜人

在那里——一个双手高举过头、托着一个圆盘的铜人，肃穆地直立在高达数丈的一根汉白玉圆柱顶上。

　　他面对着广阔的湖面，脚下的石柱雕满蟠龙并以石栏环绕。这个地方成了我的秘密属地，承露铜人——这是他的正式名号——下边的高台为我提供了理想的读书之处。我也在那里多次给他画像，即使站在高柱上的他从不显示出清晰面目。

　　有时当我希望重新接触世界，我会去到北海西岸的钓鱼区。越过岸边的五龙亭——游人一般都会到此却步——就会看到湖边零零散散的钓鱼人，大多是此地的常客。其中一位告诉我说他总在一个地方钓鱼，如果前一天傍晚在那里撒下鱼食，第二天就会成绩斐然。钓鱼人一般不爱讲话，我也就坐在柳树下的长椅上安静地读书。这位钓鱼人有一次告诉我：我读书的时候一直在自己微笑。他问我读的是什么，我把封面给他看，是《红楼梦》。

书的记忆与记忆中的读书

在我留存不多的儿时照片中，有一张或许和本篇所谈的记忆有关。那是我两岁时拍的，当时全家还在南京：母亲孙家琇（1915—2002）在金陵大学教书，父亲巫宝三（1905—1999）在中研院当研究员。照片里的我坐在一本打开的洋装书前面，翻开的书页上隐隐约约现出一幅插画。我举起手招呼着照片外的什么人，好像希望分享阅读的愉悦。

但我真正发现家里的藏书是在初中阶段。这些书清清楚楚地分成两类：父亲的经济学、社会学及诸子百家、二十四史，母亲的莎士比亚全集、小说、诗歌和两大柜《古本戏曲丛刊》。大约从小学和初中起我就开始阅读这些书籍——更恰当的说法是系统地偷窥。虽然大人不曾禁止，但也从未明言鼓励。那是反右派和"大跃进"的年代，母亲在被划成极右分子后就被停止了教职，父亲也因参加撰写"六教授"（陈振汉、徐毓枏、罗志

二岁的作者，1947 年　　　　　　　　　　　　　初中时的作者，1961 年

如、谷春帆、巫宝三、宁嘉风）经济学意见书而处境岌岌可危。
所幸的是家中的书柜还没有被触动——它们的最终解体要等到
十年之后。1966 年"破四旧"运动开始的时候，父母决定与其
被撕被烧，不如把一些书籍送给喜欢读书的学子。因此我的表
哥巫孟还就邀请了他在北大的一些同学好友来家里选书，大包
小包地背回宿舍。保存下来的图书随父母最后去了五七干校。
几年后原箱由一辆煤车运回北京，开箱后每本都是漆黑一团，
裹满煤粉，所幸经过仔细清理尚可阅读。我现在仍然保存着一
些，作为那个时代的纪念。

　　因此对我来说，"文革"前的那个"偷窥"读书时期竟然
会唤起某种浪漫的回忆。常常是父母不在的时候，怀着一种忐
忑不安的暗暗兴奋，从书架上抽出这本或那本，一页一页读将
过去，在完全没有知识准备的情况下期待着它们可能透露的隐

秘。由于这种心理，也由于情窦初开、富于幻想的年龄，母亲的文学书（其中常带有引人遐想的插图）总是更为神秘而具有诱惑力。莎士比亚、托尔斯泰、曹雪芹这些人我是知道的，但是乔叟、薄伽丘、司各特、雪莱、莱蒙托夫、司汤达、梅里美、布莱克、德莱塞、斯坦贝克、关汉卿、王实甫、冯梦龙、汤显祖、张岱——这些名字的意义就都必须一一自己发掘。那确实是一种奇特的阅读经验：既无次序又无引导，但并不妨碍书中的文字和图画使我痴迷心醉。我至今不知道从这种阅读中到底获得了什么东西。如果真的得到了什么的话，那可能只是无数既无关联又无实质如冰雪般的碎片，融化消失在躯体中摸不着看不见的深处。如果这些碎片对我的知识和思想起了什么作用，那大概只是在随后的时间里通过某种机缘被别的什么东西黏结和承载，赋以意想不到的形状。这个形状也许可以被称作某种知识，但它绝不是课堂和教科书中的那种知识的传承与磨合。

那时候的另外一个读书场地是书店。不知是因为过于早熟或晚熟，在进入了以革命传统自豪的北京101中以后，便发生了一种对学校的强烈抵制，从初二起开始想方设法地逃学出走。由于当时都是住校生，逃出校门以后就无家可归，只能在街上流浪。那时已是"三年困难时期"，严冬中的北京只有两个地方吸引着我：一处是书店（主要是离学校不远的海淀新华书店），另一处是戏院（如果口袋里有几毛钱，就可以买一个后座票连看几场京戏）。海淀书店里的文艺书籍大都放在柜台后面，无法

20 世纪 50 年代末至 60 年代初读的一些书

海淀新华书店，摄于20世纪50年代至70年代间

随意接触，但是科技、医药和地理等书籍基本上没有人护卫。我因此可以在某个角落里，坐在冰冷的水泥地上连看几小时人体解剖学或动物、星相之类的书。虽然我对理工和科学并无特殊兴趣，但这里比教室更像是属于自己的空间。直到现在，当我回国逛书店的时候，看到坐在地上或楼梯上专心看书的年轻人时总会心里一热。似乎时光倒流，但知道他们所读的肯定不是一样的东西。

这种零星的知识获取肯定不是我个人的独特经验，因为对一个十几岁的孩子来说，"文革"前后的读书大多是机缘的结果，少有可能按照文学史、哲学史、美术史的学科系统循序渐进。即使在大学里——我有幸在"文革"前夕进入了高等学府，因此比"老三届"多了些接触书籍的机会——读书也是一种极端断裂和被严格控制的行为。不但图书馆在 1964 年以后停止外借封、资、修的"毒草",即便是与专业有关的学术书刊（我上的是中央美术学院的美术史系）也被简化为长不及一页纸的枯燥名单。接踵而来的政治运动更将有限的课程化整为零。我们的学院在"文革"之前已经转化为枪林弹雨的政治战场,先是停课搞"社教",教员之间残酷斗争,随后全体教职员工和学生被送至京郊的怀柔和河北邢台从事农村四清运动。从邢台归来列队重进校园,因心脏病留驻北京的同学张郎郎偷偷告诉我说一场更大的运动即将到来,那就是一个月之后爆发的"文革",也就是家中图书散失的时刻。

提起这段个人和全民的共同经历,使我惊讶的还不是读书的困难,而是我们实际上并没有因此而间断读书,并且对书的情感由其之不易得而成正比上升。童蒙时期偷窥的读书因而被常规化了：我并不记得因书籍稀少而屡屡抱怨,记得的只是得到一本心爱书籍时的兴奋以致狂喜。随之的结果是一种自发的"细读"：对一本情有独钟的书会重复的读,逐字逐句的读,像读诗一样地读一本长篇小说或回忆录,反复咀嚼着那些让自己心房颤动的句子。这种对书的兴趣从不来自它们在文学史上公认的地位和价值——这是我所不知道的事情——而在于它们与自己内心的直觉默契。若干年后在哈佛大学知道了罗兰·巴特（Roland Barthes, 1915—1980）的《文本的愉悦》（*The Pleasure*

of the Text）——那是关于"细读法"的西方经典论述，着实
吃了一惊。但是与他的后结构主义分析不同，我们在 20 世纪 60
年代的细读犹如第一次陷入爱情，所感到的"愉悦"是无可名
状的向往与迷惑。在哈佛我也发现了我和美国同学在知识构成
上的一个巨大分别：虽然许多书（以及音乐和名画）我都知道，
甚至知道得更为细致，但美国同学对这些书（以及音乐和名画）
的来龙去脉如数家珍。对他们来说这是通过学习得到的历史，
对我来说这是曾经经过的一段生命。

　　也许应该举些例子了——但这实际上是件相当困难的事
情，因为要想真正说清书籍的这种特殊时代价值就必须重构那
个时代的压抑、私密的氛围，也需要回顾"书友"之间超过图
书的关系以及个人生活中的波折和情感动荡。这都是超出这篇
短文的事情，而且我曾有机会接触过并喜爱的书也实在相当多。
简言之，如果以阅读的"重复率"（即反复阅读的次数）为准，
大学以前当属《红楼梦》和《战争与和平》；1964 年到"文革"
初曾醉心于《约翰·克里斯朵夫》《罪与罚》《大卫·科波菲尔》
《麦田里的守望者》《在路上》，奥古斯丁的《忏悔录》、奥斯本
的《愤怒的回顾》以及雷马克的《凯旋门》。

　　《约翰·克里斯朵夫》属于大学初期的"个性解放"时
期——一场许多内心敏感的读书青年都经历过的微型启蒙运动。
似乎是初中时逃学读书的经验延伸，我对大学中的思想控制痛
心疾首但又找不到现实中的出路。书籍中的虚构人物于是成了

20 世纪 60 年代初读的一些书

比真实人群更加有血有肉的存在。与克里斯朵夫一起成为我的密友和知音的还有一些理想化了的历史精英，如贝多芬和米开朗琪罗之类，他们强大的精神力量能够把我震动到热血沸腾、不能自已的程度。对文艺复兴的兴趣把我引向宗教和《圣经》。更遥远的希腊随之进入眼界：一边阅读着三大悲剧家的剧作译文，想象着地中海旁灿烂阳光下环形剧场中的演出，一边在一

"内部出版物"中的一些

本能够买到的最好的图画本里临摹着巴底农神殿中的残毁雕像。

《麦田里的守望者》《在路上》和《愤怒的回顾》都是20世纪60年代初期内部出版的"黄皮书"。据说这几本书在"文革"期间继续在"老三届"甚至更年轻的一代人中流行，但我们这群人大概是它们在"文革"前的第一批非官方读者，由私人渠道获得之后便成为它们的狂热推崇者甚至模仿者。这同一群朋友也醉心于印象派之后的现代艺术以及"甲壳虫"歌曲——这也都是通过私人渠道获得的宝物。那时已是"社会主义教育运动"（或"四清运动"）和"文革"前夕，对这些书、画、音乐的钟爱（以及我们聚在一起的创作尝试）可说已经具有了某种"另类"或"地下"的性质。但我自己在当时绝无这种明确的身份意识。只是在若干年之后，当一些文化学者开始发掘"文革"前地下诗歌和美术的时候，我们的这些活动才被写入文字并加以"前卫"的桂冠。实际的情况是：我们那时还太年轻，不像老一辈那样已经沉浮了大半生，知道历史的重量，因此也不可能像他们那样或沉默无语或自投绝路。我们对现实的反应是更深地钻到书籍、美术和音乐的幻想世界中去。当"破四旧"运动兴起，一个朋友董沙贝——画家董希文之子，也是我们中间最忠实的《在路上》和《麦田里的守望者》的读者——把书的抄本和家传的敦煌写经藏在穿着的鞋子里边：这是和他身体最接近的私密空间。

与《在路上》《麦田里的守望者》这类内部书不同，《凯旋门》可说是我的一个特殊发现（至少我以为如此）。在此之前，我曾经读过雷马克的《西线无战事》，对这本著名的反战作品没有什么特殊感觉。但是偶然发现的一本《凯旋门》的早期译本，厚厚的几百面发黄的书页，却以其主人公的孤独和冷漠深深地触动了我。整部书给我留下的印象似乎都是夜景：一位战时流亡巴黎的移民在凯旋门的阴影下徘徊，对着一杯苹果白兰地（不知道为什么这个词带给我无限的想象空间）沉默无语。这本书从美院传播出去，在北京的文艺青年圈子中居然获得某种名声。这时已经是"文革"时期了，父母都被隔离审查，作为"逍遥派"的我，进入了个性解放夭折之后的另一种孤独和无助。克里斯朵夫已成过去，我开始醉心于诸子百家、古文小品和《儒林外史》。庄子的《逍遥游》《秋水》成为我最喜欢的文章，屈原的《离骚》和司马迁的《报任安书》也成了背诵的对象。《儒林外史》结束于一首我喜欢的词："记得当时，我爱秦淮，偶离故乡。向梅根冶后，几番啸傲；杏花村里，几度徜徉。风止高梧，虫吟小榭，也共时人较短长。今已矣！把衣冠蝉蜕，濯足沧浪。无聊且酌霞觞，唤几个新知醉一场。共百年易过，底须愁闷？千秋事大，也费商量。江左烟霞，淮南耆旧，写入残编总断肠！从今后，伴药炉经卷，自礼空王。"不一定是最好的词，但却符合了我那时的心境。

　　一件有意思的事情是，可能由于当时的大脑基本上是一片空白（政治宣传从不鼓励独立思考），而且神经常处于极度专注

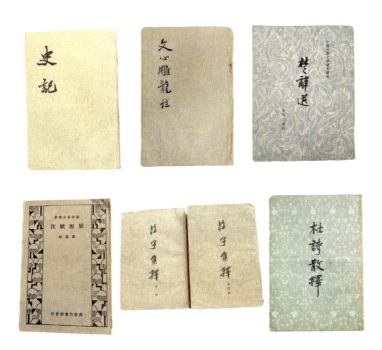

20世纪60年代读的一些书

和紧张的状态，背书成为一件相当容易的事情。虽然不能说过目不忘，但是读过的东西很容易记住。这种能力随后帮助我度过了一段相当困难的时期：因为被定为"张（郎郎）周（七月）反革命里通外国集团"的核心人物，我被革命群众组织抓捕进行隔离审查。而该组织为了避免对立面的抢夺（当时我们这种"现行反革命"成了双方争夺的战利品），在几个月内把我不断地转移到不同单位的监禁处所——其中包括东方歌舞团、中央戏剧学院、北京画院、北京电影学院和中央美术学院。审讯之余无事可做，我就把记得下来的古文背诵默写，作为一种消遣。一天夜间忽然被紧急转移到北京画院中的一间单独隔离室。无人监视时四处搜寻，在床垫下发现一本鲁迅的《野草》，上面带有刘迅的签名，因而猜想所住之处曾是这位艺术界前辈（刘迅）的牢房。一天之内我把这本诗集中所有的作品全部背下，带着这个记忆被转送到电影学院的隔离室。那是我所经历过的最可怕的地方：封闭的硕大摄影棚中被隔出一间小小的无顶板屋，一盏八瓦吊灯在摄影棚的高墙上映射出巨大的暗影。没有白天和黑夜之分，不太遥远的地方传来微弱的惨叫。在那里我把鲁迅的诗作重新背写了一遍，但是后来被监管人发现而没收。

　　工宣队进驻美院以后，原来水火不容的革命组织及其各自监管的牛鬼蛇神实现了大联合。美院中于是出现了一个庞大的牛棚，别号"牛街"。住在其中的我是美院一百多号牛鬼蛇神中最年轻的一位。牛街中是不许自带书籍的，唯一的读物是毛选中的指定篇章，如《敦促杜聿明等投降书》之类。总管的工人师傅——也许是一位更高层的领导——提出了牛鬼蛇神没有资格阅读"老三篇"（即《为人民服务》《纪念白求恩》和《愚公移山》），因为这应该是革命人民的专利。因此，一些老眼昏花、记忆衰退的教授可能避免了背诵这些著名篇章的麻烦。

　　对我来说，"读书"的重新开始是在1969年迈出牛街之后。那年我以"现行反革命、划而不戴，帽子拿在群众手中"的

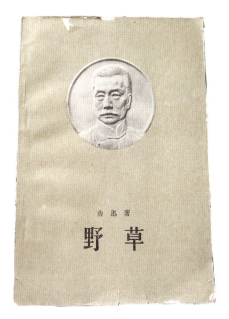

鲁迅著

野 草

鲁迅，《野草》

身份和其他革命同学被送到宣化军区进行"再教育"。在之后漫长的四年时间里，随着教育者和被教育者的双向疲惫，"学生连"中的纪律逐渐松弛。无休无止的批判和"深挖"把几乎所有的人转化成一轮一轮的革命对象。伴随着政治形势潜移默化地转变，我的反革命身份也逐渐淡化。同学们开始玩照相、打排球、拉提琴、讲故事。我成了最受欢迎的说书人之一，每晚政治学习后就坐在床头上开讲（那是一张上下床的下铺），十几位同室上上下下地围绕着听。《基督山恩仇记》根据记忆讲了两个多月。一位听者每晚都做详细的笔记，隔日转移到另室宣讲，据说

1967 年至 1972 年之间读书中之三种

情节更为细致和丰富。两年后我第一次被准许回北京探亲，重返宣化时带回了两本书，一本是在外文书店能够找到的最详细的英汉辞典《英汉辩义文法作文求解四用辞典》，另一本是在琉璃厂碰到的石印《薛尚功历代钟鼎彝器款识》。这两部书成为我学习青铜器和英文的开始（我在大学时期主修的是西方美术，而从中学到大学所学的外语都是俄文）。过了两年我被分配到故宫博物院，翌年进入金石组工作，一项主要任务是对"青铜器馆"进行改陈。又过了七年我进入哈佛大学攻读博士。似乎冥冥中自有天意：我这第二、三次学术生命可以说是从那两部书开始。

但是这些新生命也标志了"读书"的职业化——而在恩格斯看来，任何职业化都隐含着失去个性和自由的危险。一旦走上学者之路，所阅读的书籍不再作为个体的存在而存在，它们的意义也不再显示为与一个孤独灵魂撞击而产生的瞬间火花。

这些著作有若一块块坚实的砖石，铺垫出学科历史的康庄大道。而作为一名博士生、一名助理教授、一名副教授和一名讲座教授，那就是要从这些大道上一步一个脚印地走过去，最后为它延长几厘米的坚实长度。这不是冷嘲：几厘米在人类历史的长河中已经是相当辉煌的业绩。也请诸位不要悲观：只要对一座大型综合图书馆中汪洋般的书库稍稍一瞥，一位学富五车、著作等身的学者也会感到自己不过是沧海一粟。虽然历史上确实有过开启道路的先驱者和先知者，他们的价值必须等到那条道路形成之后才能判定。

但是有的时候，有的场合，年轻时的积习会悄悄浮现。我会发现作为学者的自己之外，仍然存在着一位作为普通读者的我，而此时此刻的读书也就不知不觉地模糊了职业和个性的分界。一个例子是我在哈佛上学和教书时最喜欢做的一件事情：那就是到哈佛燕京图书馆的书架间浏览，常常不带着特殊的问题或学术目的。找到有用的书时当然会很高兴，但这并不是最重要的，因为吸引我在此徘徊的是对以往那种不期而遇、断片式知识积累的留恋。另一个例子是我对金庸的发现和痴迷。那是 20 世纪 80 年代初期，他的著作在海峡两岸尚未出版（在台湾地区属于禁书）。据说一位去哈佛的台湾访问学者用了几乎所有时间读金庸，最后没有读完就带到飞机上继续读，在东京机场转机台北以前寄回燕京图书馆。我可以说是属于同一类人：《笑傲江湖》《神雕侠侣》和《鹿鼎记》几乎摆平了我的阅读天

20 世纪 80 年代读的金庸《笑傲江湖》

平的杠杆——天平的另一端是课程中的必修书籍。从此我又获得了可以不断翻阅、反复欣赏的非学术读物。一旦通熟金庸，随后对他著作的欣赏就可以从任何一页开始，在任何一段放下。有时我反思为什么自己——以及许多其他的读书人——会对杨过和令狐冲这些身具傲骨、独行江湖的虚构人物如此情有独钟。我的解释是他们实际上是改装成剑客的知识分子。而且由于他们都是有着完美结局、最终获得了同情和理解的大侠，他们圆了我们既盼望独善其身又希求兼济天下的梦想。

我现在的书房要比父母原来的书房大上几倍，所积累的书籍也要多得多。几年前搬家，十来个研究生前来支援，一起动手装了三百多箱。搬运公司将其送到新宅，如金字塔般堆到天花板，用了几个月时间才慢慢整理出个眉目。但是对我来说，这些书中的大部分实际上代表了读书的"终点"。其中 95% 是专业书，大部分我称为"资料"——即虽然仔细读过，但是保留在书架上的主要原因是将来做研究时可能具有的查阅价值。另

笔者现今的书房和书柜

外的 5%——也许不到这个比例——则跨越了学术和个人、资料和阅读的界限。它们中有的混杂了历史、理论的探索与私人的感情和记忆，有的以其勇敢和洞见不断刺激着读者的良知。前者中包括罗兰·巴特的《明室》（*Camera Lucida*），其中有关"刺点"的论述不断启发我探寻影像的永恒魅力。后者包括苏珊·桑塔格的著作，在我看来她是 9·11 以后唯一敢于挺身而出谈论"他人痛苦"的美国作家。因此虽然这些书和我的研究有着直接关系，但它们不属于"资料"——因为它们所具有的对阅读的持续吸引力，也因为我在自己的一些写作中常以这些著者为假想读者。《再造北京》就是这样一个例子。我写这本书时的一个主要挑战是如何在研究者和回忆者的双重身份中找到平衡：一个依据档案重构历史的作家如何对待那些与自身相关、充满主观印象的记忆材料？历史能否以第一人称的"我"与第三人称的"它"或"他"同时陈述？我想象着巴特、桑塔格以及其他作家对这些问题的可能反应，我的书也就成了我们之间的无声交流。

最后谈一个与读书无关但和书有关的工作经验。几年前纽约的华美协进社"中国美术馆"邀请我策划一档中国当代艺术展览。该馆属于建于 1926 年的华美协进社，位于曼哈顿的上东区，是美国第一家以上层社会为对象，传播中华文明的文化机构，而这档展览也是该社展示中国当代艺术作品的首次实验。我选择的主题是"书：在中国当代艺术中重新造书"（*Shu:*

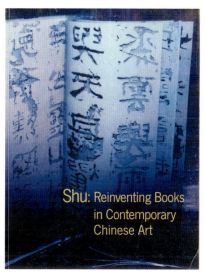

"书：在中国当代艺术中重新造书"展览图录，巫鸿著，2006 年

Reinventing Books in Contemporary Chinese Art），原因有三：一是我发现"书"在中国当代艺术中，特别从 20 世纪 80 年代至 90 年代初，是一个出现率极高的因素，而这个因素在西方当代艺术中并不如此明显。二是这种"书"的因素很难纳入当代艺术批评中的现存模式，不仅是主题或材料，也不完全是思想和概念，而是跨越所有这些方面的一个东西。三是虽然当代艺术中一直存在着"艺术书"这个门类，中国当代艺术中有关书的作品却并不能简单地归入其中。

实际上，这些作品中的一些对书的内容和形式都进行了彻底的摧毁，比如黄永砅的《〈中国绘画史〉和〈现代绘画简史〉

在洗衣机里搅拌了两分钟》（1987）和宋冬的《碑房》（1995）
就是这种例子。前者的标题明确指出了该作品的内容，后者以
剪成面条状的碑帖拓片充满房间，在风扇激起的微风中略略飘
荡。有心人会想起"清风不识字，何故乱翻书"这两句诗，以
及它们所引起的一场浩大的文字狱。另一些作品则解构了书的
内容但保留了——甚至加强了——书的外观和形式，其代表作
包括徐冰的《天书》（1987—1991）、耿建翌的《印错的书》（20
世纪 90 年代早期）和陈心懋的《史书系列·错版》（2002）。
这些作品和展览中的其他一些作品（有兴趣的人可以参考 Wu
Hung, *Shu: Reinventing Books in Contemporary Chinese Art*）
常常是中国当代艺术中的经典之作，但是人们很少注意到它们
和"书"的挥之不去的关系。而有些最著名的中国当代艺术家，
如徐冰和张晓刚，在我看来甚至可以被称为"书"的艺术家：
书的形象在他们作品中占有着太大的比例。张晓刚从 20 世纪
90 年代初期创作的一系列绘画似乎诞生于他对书的梦魇：一只
截断的手正在写书或指点着书，一具残缺的躯体正在读书或注
视着书，一个初生的婴儿躺卧在一本打开的书边，困惑于它的意
义。对我来说，所有这些作品都透露了艺术家对于书的热爱、困惑
以至厌倦和恐惧。由于我自己对书和读书的记忆，我因此感到
能够懂得他们。

与书有关的一些中国当代艺术作品，从上至下分别为：a. 黄永砅，《我们还应当建一座大教堂吗？》装置，1991年；b. 张晓刚，《创世篇》组画，布上油画、拼贴，1992年；c. 谷文达，《茶（炼金）术》，装置，2000年；d. 宋冬，《又一堂课：你愿意和我玩吗？》，行为，1994年；e. 徐冰，《天书》，装置，1987年；f. 徐冰，《黄金叶书》，装置，2000年

密歇根湖边的弗里德里希

　　我在密歇根湖（Lake Michigan）边见到一位不认识的年轻人，于是看到了三十七年前刚来到美国的自己。

　　昨日霰雪纷飞，今晨窗帘间射入的一线阳光已觉灿烂耀眼。女儿笠答刚从加州回来度寒假，嚷着要去湖边踏雪。她已是名博士生，但每次回芝加哥总好像再次经历童年。

密歇根冬日湖畔

芝加哥海德公园冬日踏雪

手机显示芝城温度华氏十六度（约零下八摄氏度），湖边当会更冷。全家三人——妻子九迪、笠答和我——找出最厚实的衣、帽、围巾和雪靴，严严地把自己装裹，拙笨地踏入楼外的窒息寒冷。我们的住所离湖不过一箭之遥，但出去散步总习惯绕一个不大不小的圈子。先在湖滨公路这边走到五十五街（55th Street），穿过公路下的短短隧道走上伸入密歇根湖的一个小小半岛。半岛的全名是"普罗蒙特里角"（Promontory Point），但当地人都简称为 The Point。到那里沿湖岸转半个圈，向北散步回家。那时右手边是海洋般的无边大湖，前方遥远处是芝城海市蜃楼般的剪影。

今天是个不寻常的日子，2017 年圣诞日。也许由于昨晚平安夜的疲乏，或许是突然到来的寒潮，尚未有多少勇敢分子踏进今晨的湖畔。厚厚白雪掩盖了普罗蒙特里角的人行环路，不多几行脚印标示出雪下的环路走向。雪洁白松软，踏上去像摩卡咖啡上的泡沫牛奶一样轻柔无物。环路围绕着一片宽阔空地，

从海德公园远眺芝加哥和密歇根湖

密歇根湖上的积雪

缓慢地隆起有似地球弧形表面。夏天这里绿草茵茵，是年轻人踢球玩飞碟的好地方。但今日只是一片耀目的白色，与湛蓝天空把大湖夹在中间。湖面尚未结冰，细碎的波浪把湖水染得青中带紫，带着寒冷的肃杀气息。

沿路转到普罗蒙特里角北边，面颊忽然感到空气的侵犯。一阵风吹过，夹着冰屑，竟如小刀的闪光锋刃。"这么冷的天还有人在锻炼，"笠答说。顺着她的目光侧头看去，果然远方空地里有个黢黑人形，正在大跨步跑步，扬起一片雪尘。忽然模糊地感到他不是本地人，但也说不出个究竟。可能他没有使用当地跑步人惯用的环路，可能他没戴帽子——但从远处也看不真切。

过一会儿他在左边出现了，在树丛中停住，然后又跑起来，一跃一跃的。这次近一些，他确实没戴帽子，深色头发不知是黑是棕。身上穿着紧窄的外套或是羽绒衣，下面是深色裤子。跑动轻快不像穿着雪鞋，可能是普通皮鞋或 sneakers（运动鞋）。身形年轻，二十多岁的样子。我半开玩笑地向九迪和笠答提出

密歇根湖边的行人

挑战："看看谁能猜出那是什么人：谁能像福尔摩斯说出最多的理由——不管真实与否——谁就算赢。"继续半开玩笑地自问自答，"我猜他大概是名中国来的学生，刚来就碰上这场大雪，特别兴奋。没有冬天装备就跑出来踩雪探湖了。""可十二月不是新生注册的时候啊。我猜他是名访问者，圣诞节假期来芝加哥看朋友。"九迪说。笠答接上："那他肯定是南方人，没见过雪。要不然不会那么好奇。也可能是在佛罗里达上学的上海学生，从那边过来的。""但也不一定是中国人啊？"九迪发问，"你能看清他的脸吗？"

再下一次看见他，已经越过我们蹒跚一行，出现在右边前方的几十米处。不知何时他已跳下湖岸边的三级混凝土高台阶，此时紧挨着湖水行走。笠答紧张了："湖边都是冰，他掉下去会冻死的。"好像是响应她的担心，这个人开始在冰上打出溜——跑上几步把两腿摆成前后一线，平平滑出几米。笠答和九迪都不知道他在做什么，但我知道。它是与记忆中冬天北京相连的一种孩童游戏：只要有一片冰，不管是在北京101中的池塘里还是在后海边上的胡同中，孩子们都会兴高采烈地打出溜——跑上几步，把两腿摆成前后一线，平平滑出几米。我忽然发现已经很久很久没有看到和想到这个形象了，甚至"打出溜"这个词，也只是在这一时刻从脑海中浮出，找到单字和词语，最后和记忆中的形象合在一起。

打了一阵出溜之后他继续北行，不时停下来面对大湖，一动不动地静静待上几分钟，似乎惊叹湖水的无边无际，也可能在观察波浪的起伏变幻。岸边一处水汀聚集了几十只大雁，静止的身躯随波浮动，长颈缩紧以保持体温。他在这里蹲下，长久地注视着它们。当他在水汀旁看着湖中大雁，我则在看着他。两层凝视此时突然相互置换，我眼中出现了另一名男青年，在相似的环境中被自然催眠。也是面对着辽阔水面——不是大湖而是大海；也在水边和禽鸟相对——不是大雁而是海鸥。突然意识到这青年就是我自己，时间应该是1980年，我刚到美国的那年。地点是美国东海岸边的大西洋城（Atlantic City），在那里我第一次面对大西洋，第一次看到美国的海鸥。

§

来到美国是8月份的盛夏，哈佛研究院的课程尚未开始。我整日在校园里闲逛，焦急地等待着开学后的考验。

一年前在中央美院认识的留学生方家谟（Maria Fong）请我去纽约玩。她生长在波士顿郊区的一个学者家庭，父亲是中国人，母亲是英国人，两人生了一大群孩子，仍然是著名教授。方家谟个子不高，长着波提切利画中女性轮廓纤细的手和脸，嘴边总是挂着淡淡的笑容。她希望成为画家，从北京回来就搬到了纽约苏荷区，在一栋19世纪老楼里租了一套小小阁楼间。楼房夹在两栋高大的20世纪初混凝土建筑之间，木板的墙皮绿色斑驳，一条窄窄铁梯通到顶层。我睡在方家谟工作室的沙发上。她刚刚开始试用水墨涂画小小风景，完全水彩路数，也是淡淡犹如其人。她白天出去打工，我就在苏荷区的画廊闲逛，走得稍远一点就到了沿坚尼街（Canal Street）发散出去的中国城，当地人叫它唐人街。

一天溜到唐人街的莫特街（Mott Street），在一家旅行社窗口看到一帖中文广告，说是下周周日有特惠大巴送游客去大

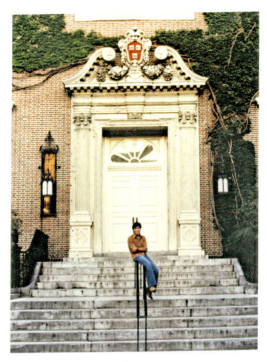

刚刚到达哈佛大学的作者，1980 年

西洋城赏玩，不但车票免费而且每位乘客奉送二十五美元旅游费。我看了不能相信，回来告诉方家谟却未引起她的惊讶。她告诉我这种事情司空见惯：大西洋城是美国东部最大的赌城，这些赠款旅游都是赌场和旅行社合办的，给些甜头诱人染上赌瘾，得到几十倍甚至上百倍的回报。但我虽知如此仍觉机会难得：我不知如何赌博也自信不会上钩，二十五美元拿到手，两顿快餐之外至少还能省下十多元钱，对度过开学前的最后几天不无

纽约苏荷区

小补。而且 8 月底的纽约如同火炉，方家谟的阁楼连风扇都没有，凝滞的热气黏在皮肤上，洗都洗不掉。相比之下，旅行社广告上印着一张诱人的照片：蓝色大海，水边展开着乳白色沙滩。

于是我在下个周日搭上从唐人街到大西洋城的大巴，在高速公路上奔驰两小时就到了广告中的地方。导游如约发给每名乘客二十五美元，将其带入赌场大楼后随即离去。这是我第一次经验如此的视觉震撼：一排排金色吊灯辉耀着足球场般大厅，以标准的线性透视构图向远方灭点延伸；一排排老虎机构成这硕大空间中的魔阵，黑暗人影凝固于颤动的闪光窗前；投币和拉杆的轰隆声汇成死一般的寂静。我攥着二十五美元钞票走出

大西洋城

大厅，没有人挡我，这是美国。

从赌场大楼入口已经可以看到大海，但相当遥远，水平线上一抹微微蓝色。天气不佳，灰色云层不高不低地罩住天空，取消了光影的区别。越过海滨大道就是沙滩了，可能正值退潮，沙滩宽得难以想象，走上去后几乎看不到水边。我脱了鞋袜拎在手里，沙子硬而平，像凝固前的水泥，走过去只留下浅浅的脚印。它的颜色也不像想象中的金黄或乳白，而是如那天天空一样灰暗，夹杂的黑色粗粒应是花岗岩被海水亿万年研磨的遗迹。沙滩上这里那里散落着折断的玩具和可口可乐瓶罐。身后传来赌场的流行音乐。

继续向前走，沙滩和天空越来越宽广，车声人声渐渐沉寂以至消失，脚下湿度增大，每踏一步陷下更深一点，最后终于看到和接触到海水。这是个很平静的海，肯定是退潮时分，层层细

上海海港，20世纪70年代

浪如同涟漪，轻轻拍上来，轻轻退下去。我爱海，从小就爱，曾经幻想做一名水手。"文革"的初期混乱居然使这一想象短期成真：在"停课闹革命"和"大串联"的呼啸中我去到上海轮船公司造反派指挥部，要求上船体验海上工人的劳动。获批准后上了一条波兰造的五千吨货轮，来往于上海、大连、秦皇岛之间运货。除了到达港口时的装卸，海上的工作主要是敲掉船体铁板上不断生长的锈蚀再刷上油漆。从船头敲到船尾再从头敲起，因为船头又生了锈。每天看到的是海水，夜间有海上的月亮伴同。那是我在"文革"中最快乐的几个月，随后转为现实的噩梦——被"革命组织"拘捕关押，划为反革命学生，接受再教育——几乎像是为它付出的代价。那也是我最后一次看见大海。

因此在这个并不美丽的大西洋城海边，我还是感动了。看着涟漪般的波澜我感到一种难以形容的，十几年来的第一次安静。似乎时间停止了，而且会重新开始。那天随后的几个小时我在沙滩上徜徉，找到一块干地读带来的金庸小说，在海滨大道上买了一份"热狗"再转回水边，用碎屑招来几只伶仃的海鸥。傍晚时分回到赌场停车场，两三小时后走进方家谟的阁楼。

§

"他一定住在摄政公园（Regent's Park）里边，"走在旁边的笠答忽然说。这是我们住宅旁边的一座租金不菲的高层公寓，近几年越来越多的芝大华裔学生入住其中，显示出比一般美国学生优越的家庭经济背景。看来她也在不知不觉之中把"他"认定为中国人了。我于是又看见了湖边的这位年轻人，面貌仍然看不清，但没戴帽子的头上确实是黑发，一撮在风中立起来。他仍是忽走忽停，有时又跑上几步，把我们甩在后边。前面不远就是通往摄政公园公寓的过街桥了。他停下来，长长地对湖边凝视站立，然后在湖边平台的雪中用脚划来划去，像是舞蹈。笠答跑过去看，他已经又离开了。"是'爱'！"笠答兴奋地说，"是简体！"所以我们都对了：他是大陆来的中国学生。但我们仍不知道他的名字，也不知道他来自上海、福建或广州。当我想起他时我脑子里会出现奥地利浪漫主义画家卡斯帕·大卫·弗

卡斯帕·大卫·弗里德里希，《雾海上的漫游者》，约创作于 1818
年，布面油画，高 94.8 厘米，宽 74.8 厘米，汉堡美术馆藏

里德里希（Caspar David Friedrich, 1774—1840）的《雾海上
的漫游者》（*Wanderer above the Sea of Fog*），其中的他背对观
众，永远让人看不见面貌。对我来说，他就是密歇根湖边的弗里
德里希。

普林斯顿树林

2020年2月6日，我策划的"物之魅力：中国当代材质艺术"（The Allure of Matter: Material Art from China）展览在芝加哥的两个场馆同时开幕。我在参加开幕式和随后的研讨会时已知道不能按照原定计划回国，继续进行这个"研究年"中的实地调研——冠状肺炎已开始在全世界扩散，原定的国际班机也已取消。三天之后我和夫人九迪一起去到普林斯顿高等研究院，她在那里做驻院学者，我被临时接受为一名访客。

"普林斯顿高等研究院"这个官方译名其实不太准确——它的英文名字 Institute of Advanced Study 中并没有"普林斯顿"一词，直译就是"高研所"。它和同处一城的普林斯顿大学也没有从属关系，网站上的自我定位是"好奇心驱动，开展基础研究的全球领导中心之一"（one of the world's leading centers for curiosity-driven basic research）。它最知名的成员

普林斯顿高等研究院的潘诺夫斯基巷，2020 年

是，阿尔伯特·爱因斯坦（Albert Einstein, 1879—1955），从
1930 年研究院创始就在那里，一直到 1955 年去世。

　　爱因斯坦和他的若干同事的名字，已经被用来标记驻院
学者居住区的街道。我发现我们的住处离"潘诺夫斯基巷"
（Panofsky Lane）只有一间之遥，让人感到既荣幸又忐忑，似
乎无意之间踏进一只巨大的鞋子，虽然辉煌但不免沉重（欧
文·潘诺夫斯基，Erwin Panovsky, 1892—1968）。其他街道的
命名在不同住客心中大概也会引起类似感觉，这个居住区因此

既像墓地又如天堂——各学科的圣徒已经化为上帝身旁的天使，年复一年地接待着一批批新来的肉体和灵魂。

这些肉体和灵魂——不包括访客身份的我——是从世界各地选拔出的学术精英，许多是二三十岁的天才青年。正常情况下他们一定会骄傲而自信地维护着研究院的形象——"好奇心驱动，开展基础研究的全球领导中心之一"。实际上我到达之后对此也有些见识：所有驻院学者和访客被邀参加每年一度的晚宴暨舞会，与研究院的常驻和退休教授们欢聚一堂；还有一场关于"全球化"的报告会和一场作家及演员的联合朗读活动，水平都不同凡响。那次晚宴中设有一个自拍快照的小亭，我和九迪坐进去拍了几张。

普林斯顿高等研究院晚会中笔者和夫人九迪合影，2020 年 2 月 22 日

冬日的普林斯顿树林，2020 年

　　没想到那居然是"终结"之前的最后留影——不多久研究院就在疫情威胁下宣布无限期关闭，驻院学者或离开或进入自我隔离。我们属于后者，生活和心理上的改变和亿万人类成员基本相似，无须在此赘述。有所不同的是我们的自我隔离显示为漂浮状态的无休止写作：每日我站在一扇窗户前在电脑上打字，九迪坐在另一扇窗户前在电脑上打字，无声无息中几个小时消失了，日出日落之间只被饮食和一段长长的散步打断。

　　也就是在此时我们结识了普林斯顿树林——这是我起的名字，它的正式名称"研究院树林"（Institute Woods）似乎过于平淡。这是一片不大不小的树林，从一头直行到另一头约三十

初夏的普林斯顿树林，2020 年

分钟。它的好处是全然不加修饰，虽在研究院附近但荒野得让人惊诧和陶醉。进入它的边际马上可以忘却外界的存在，不论是瘟疫、恐惧还是阴天或晴天。

最喜欢的是宽窄不一的林中小路，有的弯弯曲曲，有的相对开敞，有的忽然消失，有的泥泞不堪。动物不多但总有鸟声相随，几头小鹿偶尔会窜出来，突然顿下，转过头，睁着天真的大眼看着两条腿的来客。我们初入树林尚属晚冬，四望是密麻麻的棕灰树干。干枯树杈在脚下噼啪作响，声音逝入蓝灰的轻雾。

树杈下初萌的绿色带来第一次心悸，好像是生命回归，在疫情的环伺下别有一种意味。绿色越来越广，越来越深，渐渐覆盖了土地和树枝的枯黄。造物然后撒下黄色和白色的野花，衬在草地上如同金银米粒。一天林边的沼泽忽然传来连绵不断的鸣叫，初以为是禽鸟转而意识到是蛙声。鸟儿也越来越多，九迪变成一位热心的观鸟人。整个树林最后被绿荫吞噬，野花也都隐去。毒青藤开始蔓延，甚至爬上树干。九迪正在写一本关于明清文学和音乐的书，忽然冒出一句：春归去。

而我也已经开始写一本小书，初拟的题目"穿衣镜全球小史"，似乎是和自己开个玩笑。

手边没有参考书和图书馆，脑子里没有日程和截止期，能写什么？该写什么？不写不是选择，因为对于写惯东西的我，放下这个习惯只可能增加额外的挣扎，带来更多的烦闷。写作的最大功用是可以带来些许的自信和自律，把无法掌握的外界因素屏蔽在可控的个人行动之外。想的寥廓一点，它甚至能够带来某种返璞归真的自如，以浮动的遐想抹去时、天、周、月的时间刻度，随手记下穿行时空的漂浮体验。

这也就是写这本书念头的萌生之际——如同普林斯顿树林的第一片绿色，曾经浅尝辄止的一个写作计划悄然复苏，开始在想象中蔓延。在众多曾经开了头但没有继续下去的写作计划中，它似乎最具有漂浮的流动性，以我的能力允许最广袤的时空游历。记得我唯一一次在公众场合中谈论这个题目的时候——那是中央美院人文学院组织的关于中西美术交流的一次集会——一位与会者说初见议程上的"穿衣镜"字样以为是印错了，没想到它引出这么多有关艺术的东西。我决定试试它还可以引出什么，引出多少。

这个意愿随即催生出一个实际问题：以目前这种孤单的游牧状态——与书斋、图书馆和校园隔绝，手头只有一台轻飘飘的笔记本电脑——是否真有可能写一本有所担当的著作？两个多月的尝试之后我现在可以给出这个答案：这种状态犹如双刃剑，一方面封闭了观察性研究（empirical research）的渠道，断绝了发现尘封文献或作品的可能；但另一方面也大大激励了对网络资料的发掘，顺藤摸瓜地搜寻出形形色色的数据库，有的比实体图书馆更巨大和便利，而且能够被创意性地互联，显露出知识的隐藏维度。由于这两个原因，我仍然会告诉我的博士生，他们的论文不能离开博物馆、遗址、档案所提供的原始材料，所有的证据都需要溯本寻源，都应该经过第一手鉴定。但我也会近乎崇拜地感叹网络空间的开放性和可能性——实际上它已经如此庞大和深邃，不但任何学者必须使用这种信息来源，而且对它的发掘和利用也在创造新的思想方式。

沿着这第二个途径，这本书从一开始就被想象成具有某种网络研究的性格，略带理论性的说是个将"流动性"内化的文本，目的在于把读者引入时空漫游，发现迂回交叉的线索——就像随着隐蔽的小路走入普林斯顿树林，就像穿越网络本身去寻找人物和事件的联系。这个设想被写入书前的"解题"，模仿一篇微型电影脚本以增加轻松之感。回答莫须有的记者提问，我宣布这本书是把穿衣镜作为主角来讲述一系列穿越时空的故事。为什么是穿衣镜？——因为它把我感兴趣的三个领域——物件、绘画和摄影——串进了全球历史进程，带着我们去到不同的地方，遇到各式各样的帝王、艺术家、作家、民众。

"流动性"也是我对研究过程的想象——既然所有调研都必须以电磁波通过空气传送。但流动的不仅是信息也是人的语言和思想；这后一种交流弥补了"社交隔离"带来的生活和知识的空白，把现实中的无人区化为网上的互动场所。我因此希望向所有通过网上交流帮助了这个写作计划的机构、同事、同行、朋友、学生表达衷心的谢意。没有这些帮助和支持，这种状态下的学术写作绝无可能。

我希望感谢的机构特指那些进行了长期无形工作的单位，将巨量文字、图像和实物转化成了网络资源。一个例子是北京故宫博物院的《清宫内务府造办处档案总汇》扫描文本，如果网上没有这份跨越两个多世纪、涵盖多个宫廷作坊的官方记录的存在，我绝无可能查寻玻璃镜在紫禁城中的使用情况以及清代皇帝对它们的热衷，更无可能重构一些具体的装置场景。还有盖蒂中心的摄影图像档案，所包容的早期照片五花八门、雅俗杂糅，有若来自19世纪50年代的巴黎街头。我的研究要求不断查询美术馆藏品资料，这也基本上不再是问题：许多国内外大型美术馆已把基本藏品放在网上，做得好的甚至围绕每件藏品建构了研究性资料档案。与这种单项资料库相辅相成，大

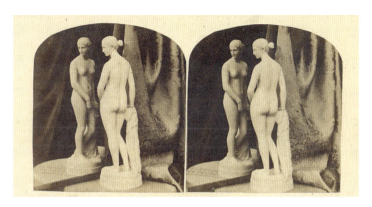

《镜前的维纳斯》，立体照片，盖蒂中心藏，1865 年

型综合性网站往往覆盖整个领域，如"知网"的庞大容量和及时上传容许我查阅所有的中文期刊——一个以往研究者无法想象的便利。作为一位网络研究的晚来者，我也是此时才首次感到电子书籍性命攸关般的可贵，并惊喜地发现所需的多种西文书籍可以通过芝加哥大学、普林斯顿大学和其他学校和机构的图书馆获得，也被告知更多的电子书即将上架以适应疫情期间的需要。

　　使我得到更大享受的是与同行、朋友、学生通过网络的交流和磋商，不但带给我大量信息，而且丰富了隔离期间的单调生活。比如当我开始留意希腊罗马的大镜与盾牌的关系，普林斯顿大学的希腊古典文学教授弗罗马·蔡特林（Froma Zeitlin）马上传来有关文献，包括一部希腊盾牌的图像集成。当我转移到大玻璃镜在 17、18 世纪欧洲的发展，耶鲁大学的卡罗琳·迪

庞贝壁画中形如大镜的盾牌（《忒提斯观看赫淮斯托斯打造的盾牌》，公元 1 世纪庞贝壁画，那不勒斯国家考古博物馆藏）

唐玄宗照镜〔陈世倌（1680—1785），《圣帝明王善端录·韩休为相》，局部，绢本设色，纵 35.3 厘米，横 28.6 厘米，台北故宫博物院藏〕

安（Carolyn Dean）教授和高研院的弗朗西丝卡·特里韦拉托（Francesca Trivellato）教授正好成了谈话的对象。那时留驻高研院的学者开始举行"网上派对"以丰富生活；特里韦拉托教授写过一本关于威尼斯玻璃制造业的书，马上提供给我有关欧洲制镜的一些有用信息；而迪安教授则帮助识读了一张 1903 年明信片上的潦草法文。

由于书中的"游历"穿越欧、亚、美三洲，时代则从公元前到 20 世纪，任何个人都不可能通晓所有这些领域。我因此不断需要"指路人"引我进入不同的地区或时期，点出关键的途径和路标。也就是在这类情况下，芝加哥大学摄影史教授乔尔·斯奈德（Joel Snyder）回答了查询欧美摄影中运用穿衣镜的问题；故宫出版社器物编辑室副主任张志辉先生多次提供有关清宫镜屏以及其他对象的资料；波士顿美术博物馆中国部资深策展人白铃安（Nancy Berliner）博士提供了该馆收藏的一幅重要穿衣镜图像的信息和她参加故宫倦勤斋修复的个人观察；民间舞蹈专家、我的姐姐巫允明多次为我寻找、订购、扫描、传送网络不载的文章和图像。两位"网上研究助理"、芝加哥大学博士生伊思昭和陈嘉艺的协助使我感到好像多长了两双眼睛和

《牡丹亭》中杜丽娘照"秦王照胆镜"（《绣像传奇十种·新刻牡丹亭还魂记》，郁郁堂藏板，明万历年间，京都大学文学研究科藏）

两只大脑。我需要的任何中文著作她们都能马上找到电子文本迅速传来；她们并帮我初查了19世纪末至20世纪初上海报刊和《清宫内务府造办处档案总汇》里有关镜子的记录。还有很多"指路人"可以提出，但这里不是一个正式的致谢。

最后我需要回到普林斯顿树林——它见证了这本书的思考过程。之所以如此，是因为我和九迪在林中散步时，不时会谈到写作的进展，特别是那些让我兴奋的问题。

比如庞贝壁画中形如大镜的盾牌，为什么把不相干的两个神话故事融入图像的"互文"？

比如海昏侯刘贺的"衣镜"，或许是"宸镜"的简写因此成为"镜屏"的前身？

比如凡尔赛宫的镜厅和同时兴起的欧洲壁镜，它们是为了映射容颜还是造出空间幻象？

比如落地穿衣镜诞生于何处？——新证据似乎指向17至18世纪的中国。

比如紫禁城中的大镜都有何种形式？波士顿美术馆藏《对镜仕女图》中的空椅又隐喻着谁的身体？

比如为什么《红楼梦》中所有与大玻璃镜有关的事件都发生在贾宝玉的怡红院里？这些事件构成的潜在线索有何意义？

比如乾隆皇帝如何在诗文和绘画中不断表达他对镜子和镜像的兴趣？倦勤斋中的秘密"镜门"又隐藏着他的什么愿望？

比如时髦穿衣镜为何在19世纪的法国得到"赛姬"之

凡尔赛宫镜厅，摄影：何塞·伊格纳西奥·索托/舒特尔斯托克

名——神话中让维纳斯嫉妒的美貌少女？

比如初生的摄影术为什么对穿衣镜情有独钟，迅速造就了雅俗共赏的"穿衣镜肖像"模式？这个模式如何被传向全球？又是谁最先把它化为艺术创作？

比如是何机缘把一个"白奴"女孩放入两幅最早的美国

19、20世纪英国和中国的"穿衣镜"摄影肖像（左图:《伊莎贝拉·格雷丝》，约1863年或1864年，摄影:克莱门蒂娜·哈登夫人;右图:全体照，银盐照片，手工上色，1905年前后，上海耀华照相馆）

电影《音乐室》中的一景

穿衣镜肖像？暹罗的类似照片又为什么出自一个国王妃子的相机？

比如这个通俗肖像模式如何在英国和中国被个性化和主体化，成为表达个人思想的工具？而当一位伟大的印度电影导演谱写一首献给往昔的挽歌，他的镜头为何自始至终聚焦于一面大镜？

在高研院的六个月里，这些问题点点滴滴地萌生，在散步的谈话中获得声音和形状，逐渐沉积在不断改动、每日加长的文字里。普林斯顿树林在这个过程中始终在场，赋予我们无私和无限的宁静和安全之感。当我完成这本书准备把它献给谁，那应该是你——普林斯顿树林。

李妈

李妈是我小时候家里的保姆，大约是我五六岁时来的。后来不兴把保姆叫"妈"了，改称为李阿姨。但这里说的是孩童时候的印象，因此还是叫李妈。

前面"钟鼓楼"那篇里已经说了她是个旗人。她自己的名字是马玉林，李是她丈夫的姓。她丈夫是个侏儒，个子只有李妈一半高。他是个走街串巷卖五香烂蚕豆的，肩膀上挂着装蚕豆的木箱，上面盖着小棉被，让煮过的蚕豆凉得慢一点儿。他三天两头来我家和李妈要钱，不给就骂。后来只要他一来李妈就跑到里面躲起来，我母亲到门口去应付，给他一点钱让他离开，李妈就坐在房屋角落里抽搭着抹眼泪。妈妈后来悄悄说她丈夫原来是个"纨绔子弟"——我不懂是什么意思——还抽过大烟。她没有多说什么，但看得出来很不以为然的样子。

李妈第一次来的时候是我家刚搬到后海边上那个小院不

很像我家大门的一个北京胡同院门（况晗，《北京寿逾百胡同》，铅笔纸本）

久，好像是个介绍人带她来的。一进北屋门她就扑通一声跪到地上请安，把我的父母吓得够呛，赶紧扶她起来，说千万不要如此。以后逢年过节的时候她还是要行这种"大礼"，但每次她刚一弯腰就被搀住，久而久之好像成了家里的一个特殊礼数。但不记得从什么时候她就不做了，父母也不用去搀她起来了——社会变了，她的习惯也慢慢改了。

　　虽然她从来没有直说，但我猜想她大概觉得父母是奇怪的异类。我知道这个是因为有一次她说父母戴眼镜的样子特别洋气，比不戴好看，我才知道她一直以为眼镜是类似耳环、

抗日战争中的父母和姐姐，1941 年

发卡的装饰。

她好像认为这个世界上有好多种不一样的人，北京城里也住着奇奇怪怪的人群。比如她告诉我说烟袋斜街口上的那家点心铺是"回子"开的——这是对回民不尊敬的称呼。她说老早以前回子想进北京可是皇上不让，他们就在城外广安门那边住下了，还造了条街叫牛街。后来他们人越来越多，不知怎么就进了城了，你看不是连皇城前边都有回子开的点心铺了吗！

不管是真是假，这些对我来说都是故事，而故事都有意思。除了关于点心铺和铸钟匠女儿的事情，李妈还讲过很多别的。

鼓楼前大街路西烟袋斜街东口以南为公和魁茶食店，是清真糕点铺，1955 年

有的我后来知道是广为流传的街谈巷语，有的则是她家里的秘闻轶事。她讲故事的方式不是没完没了地说书的那种，常常几句话就突然打住了。可是一旦回过味来，你就会在里面加上越来越多自己的想象。

　　有一次她说起北京城外西山有个山岗，路过那儿的人常常不明不白就死了。后来有个卖花椒的商贩也经过那儿，三伏天特别热，看到岗上有个大青石板就躺下来午睡，把随身带的装花椒的大口袋放在身边。一觉醒来，发现石板旁边有个一人长的大蝎子，尾巴的毒钩还插在那个口袋里，让花椒给麻醉过去了。他赶紧招呼人上来用石块把蝎子砸烂，以后的人再过山岗就没事了。听了这个故事以后我脑子总是围着她的两句话转。

首先是一人长的蝎子会是什么样儿？还有就是"麻醉"这个词，我去医院的时候听见过，前两年在天津割扁桃腺还确实被麻醉过。但是一人长的蝎子怎么被麻醉，菜盘里的花椒有没有这种效力？

不知道是不是因为北京那时候蝎子特别多，动不动就会从阴沟和水池里爬出来，李妈讲的另一个故事也和这种毒虫有关。这次说的是一位富家闺女，人不错，长得也水灵，可就是有个坏毛病，喜欢对着茶壶嘴喝茶。家里人管教过好多次都没用，有人就出了个主意，在她的茶壶里系了一根线，上面绑上一只小蝎子，是刚生下来还没毒性的那种，想的是吓她一跳，以后她就不敢对嘴喝茶了。谁知道这个小蝎子用钳子把那根线给剪断了，这闺女呼噜一下就喝到肚子里去了。过了些日子她肚子慢慢大了起来，最后藏也藏不住了。家里人以为她有什么见不得人的事儿了要打死她，她自己也不想活了就吞了烟膏。谁知道这一下就把肚子里的蝎子打下来了，有成百成千那么多。这闺女也就救下来了，以后也不对着茶壶嘴喝茶了。

这个故事把我吓得够呛。虽然李妈讲的时候一板一眼，声调平淡，但百千只蝎子从肚子里出来的景象实在令人毛骨悚然。我也为这个女孩特别打抱不平——凭什么因为她从茶壶嘴喝茶就要弄只蝎子吓唬她？我难以想象父母会这样对我。

但李妈所讲的最令我印象深刻的事情还是关于她自己的父亲。在我的印象里，他是给慈禧太后看金库的，金库是皇宫里戒

故宫里的高墙

备最森严的地方，整个儿被高墙围着，外人进不去里边的人也
不能随便出来。李妈说她父亲每天去上班的时候和平常人一样，
但是下班出来以前得把衣服全脱了，光溜溜地跳上三跳，证明
没把金子藏在什么地方带出来。她讲故事一般不动声色，但说
到这里用手把嘴捂住，笑得浑身哆嗦。

　　我家房子是间三合院。进了大门是条小巷似的筒子，左手
是邻院的北屋后墙，右手是我们院里的隔墙和二道门，进了门
是东屋、西屋和北屋围着的青砖小院。李妈的屋子在二道门外，
大门里边筒子的顶端。屋外是做饭的炉子和其他用具，屋里分
成两半。一半被她的硬板床占据，床内沿墙放着装衣服的箱子
和包袱。另一半摆着个小桌，旁边墙上装着一个自来水龙头，上
方挂着一面长方形小镜子。这间屋子可以说是小得不能再小，

老北京院子里的水龙头

可是李妈好像挺喜欢它的，主要是因为这个水龙头。20 世纪 50 年代初的北京旧城里装自来水管的私家院子还不多。大多数人家都从大院里或街上的共用龙头取水，城里也还看得见卖水的木车，给还没装自来水管的院子送水。李妈觉得伸手就能在自己的屋里接到自来水，是件不可思议的事情。

　　对于孩童的我，这间小屋是家里最温馨的地方。首先它位于二道门外，不属于父母和姐姐的领地，出了二门离外边胡同只差一步。还有就是我在那里可以一边听李妈讲故事，一边看她对着自来水龙头上的小镜子整理容貌。后来想起来，除了买菜烧饭、洗衣打扫之外，她一大半时间都是在这个小镜子前度过的。镜子里的她有一张长圆脸，不是尖下巴的椭圆，但也不是

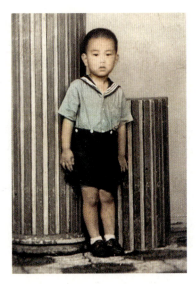

三岁时的作者，1948 年

方头方脑的。她头发漆黑，平日在头后边盘成个发髻，但一放下来就垂到腰下边，用木梳子一下一下慢慢梳，弄到平平整整、一丝不乱需要很长时间。她擦身时会脱掉上衫，但也不赶我走。那时我不过六七岁，她的准确岁数我不知道，估计总会有四十，因为她的两个女儿都已不小。那个屋里如此狭窄，唯一坐处就是她的硬板床，我每次也就斜倚在她的枕头上，边看她梳头边听她讲故事。

　　我那时肯定和李妈很亲近，至少心里觉得是如此。一个证据是我进入小学后，母亲决定按照西方方式培养我的独立性，每星期给我一点钱由我自己决定如何使用。开始的时候

老北京的百货担子，1933 年至 1946 年间，摄影：黑达·哈默·莫里松

可能是旧币的一千元——1955 年以后变成了一毛，我可以用来买糖果、租小人书，或是存在一个小罐子里等到够了买大点儿的东西。第一次拿到钱的时候我跑到烟袋斜街，从街边的百货担买了一小瓶花露水。那个瓶子是直直的，像个玻璃管，里面的液体是透明的碧绿色，在这之前已经吸引了我的眼神。我把它拿回去送给李妈。她很高兴，一次去鼓楼后边的时候给我买了我最喜欢吃的糖麻花。

但是过了两三年以后，我和李妈的关系就没有那么亲近了。一是我逐渐长大，不再跑到她的小屋看她梳洗。更重要的是我和父亲搬到西郊中关村住了，只在每个星期六才回后海团聚。这种情况延续到我 1957 年上中学以后——我上的北京

101 中全部住校，因此仍是周末回家。从这时直到 20 世纪 60 年代初，除了日常生活中的接触，我记忆中的李妈只在三个时刻浮现出比较清晰的形象。一是我初中在学校上体育课，跳高落地姿势错误造成小臂骨折，在海淀医院打了石膏之后回家休养。几周里李妈帮我更换内外衣，扶我上下床，甚至给我擦身。开始时我觉得不好意思，她就轻声说："跟我还害羞啊？"使我想起小时看她梳妆整容的时刻。

　　另一个记忆则远非如此私密，甚至让人沮丧和难堪。那是又过了两三年以后，整个国家由欢腾的"大跃进"一下跌入"三年困难"的深渊。所有人面对的最大挑战是吃饭问题。特别是对我这样成熟期中的少年，饥饿如影随身，挥之不去，从早到晚吞噬着肚肠。每人的粮食、蔬菜、油盐都有定量，每顿吃多少都要经过仔细计算。由于在学校和家里都是集体做饭和分饭，每个人分到的"量"够不够就成了最被关注的问题。这种状态给李妈——已经是李阿姨——带来了巨大的权力和压力。一方面她主宰着家里的每日饭菜和每人分到的"量"，另一方面她必然会被怀疑是否总是分得公平。饥肠辘辘的感觉改变了人与人之间的关系，我甚至听到过对她是否"自己多吃"的怀疑。

　　而李妈的后背在这些年里也越来越驼了。她原来就有些弯腰含胸，但更像是一种特殊的体态和风度，此时则明确显出是未老先衰的脊柱变形。她留给我最后的印象是：上身弯成弧形，她抹着眼泪告诉父母必须离开我家，去内蒙古帮助照顾大女儿的孩子。她大女儿前两年嫁了一个蒙族人，移居到塞北之地。下一次听到李妈的消息又是在几年之后：她从来没有再回北京，已在内蒙古过世。

忘年交（丁声树、朱丹、俞伟超、费慰梅）

　　我一生中交往过几位比我大一辈或至少半辈的人，但他们越过了父母、长辈、老师的界限，似乎是直接站到我的身边，用平辈的口吻和我谈话——虽然我比他们小上十几到三十几岁。我从他们那里感悟到的因此不同于师长（如张光直先生）的教诲，但也与平辈朋友（如杨新）有别。每人和我的关系因时因地不同，持续的时间也有长有短，但都达到了某种深度，有些看来似乎平凡的交往对我的生活道路起到了重大影响。找不到一个恰当的词概括这些关系，我姑且把他们总称为"忘年交"，意在强调超越年龄和辈分的交流。

丁声树

　　丁声树（1909—1989），号梧梓，河南邓州人，中国杰出的语言学家和词典编纂专家。他以博古通今著称，在音韵、训诂、语法、方言、词典编纂等各学科中都有很深的造诣并都取得了突出的成就。曾主持编写《现代汉语词典》《昌黎方言志》，编录《古今字音对照手册》，合著《湖北方言调查报告》《现代汉语语法讲话》《汉语音韵讲义》等。曾任中国科学院哲学社会科学部委员、中国社会科学院语言研究所研究员。（据《百度百科》）

20 世纪 50 年代上半，丁伯伯是我家的常客。妈妈说他的夫人和女儿都在美国，他在北京独自一人，我们家的门对他随时敞开。

后来我知道丁伯伯和丁伯母是父亲的老同事和老熟人。丁伯伯 1932 年进中央研究院历史语言研究所担任研究员，而父亲是 1934 年进的中央研究院社会科学研究所。丁伯伯 1944 年到 1948 年去美国考察，和在哈佛大学读经济学博士的丁伯母关淑庄（1919—2012）认识并结了婚。

而父亲在 1947 年和 1948 年得到洛克菲勒基金会资助，重返哈佛大学完成题为"中国资本形成与消费支出"（*Capital Formation and Consumer's Outlay in China*）的经济学博士论文。二人都在建国之前返回国内，希望参加新中国的建设大业。

丁伯伯身材高瘦，身上穿的蓝制服显得有点空空荡荡。他脑门特别高，总是笑呵呵的。我找到他在 1952 年照的一张相

丁声树，1952 年 3 月

片，表情就是那样。可是照片里的他在脖子上围着一块白毛巾，可能是参加劳动时候拍的。真实生活里我从没有见过他那样。

每次来我家除了和父母聊天之外，他最喜欢做的事情就是问我新学了什么字，然后给我讲这些字的故事。我当时不知道这个和善的丁伯伯是位大语言学家，但总喜欢听他把每个字拆成几块，说这块是什么意思，那块是什么声音，合起来又是什么。我的惯性是希望躲避大人，觉得和他们一起不舒服，或是被他们谈论或是被他们忽视。但和丁伯伯一起从来没有这种感觉，有时候我觉得他像个大孩子，每个字都是他的玩具。和父母谈话时他常常提到编字典的事情，好像是当时参加的一项工作。

后来一次来的时候，他非常郑重地从口袋里拿出一本小小的书，用手绢包着，说是终于出来了，父母也向他祝贺。我当时有点失望，因为这本书只有豆腐块那么大，父母书柜里的任何一本都比它大得多。但父亲告诉我这本小书特别重要，因为千千万万的人都会用到它。后来我知道它就是第一版的《新华字典》。

丁伯伯一般是星期日来，吃完中饭就带我出去遛遛。我知道他喜欢带我出去是因为我和他女儿岁数差不多——有一次他提到她，好像比我小两岁。我们每次去的地方都包括后门桥附近的一个书店，店名记不起来了，和给母亲"做头发"的怡乐也理发馆相邻。他每次都给我买一两本书——虽然母亲不让他为我花钱，但他总说没关系，看书是好事。到了书店里我就转来转去，找到自己想要的书，他拿到了总是问："还有没有别的喜欢的？"他从来没有评价过我挑的好不好，也从来没有向我推荐过值得看的书。好像挑书完全是我的事情，他只是带我去书店替我付款，这是他的乐趣所在。有一次我看到一本《武松》，开本像连环画但是大出一圈，最特殊的是里边不是画而是一页页的照片，是京剧演员盖叫天演的《打虎》。我对武松特别佩服，也看过不少关于他的小人书，但是从来没有见过这样的。那本书按照我当时的标准相当贵，我不好意思让丁伯伯给我买，但又舍不得放下。他看出来我恋恋不舍的样子，就让店员把它和我挑的其他两本书放在一起。在他给我买的书里，至今记得最清楚的就是这本。

盖叫天演的《打虎》

　　我搬到中关村住之后不久，一天听父亲说丁伯母和她女儿回国了，因为中国和美国没有外交关系，她们是从欧洲绕道回来的，很不容易。不久他们一家到后海来访问，丁伯伯的脸上和眼睛里全是笑。丁伯母带着一副金丝眼镜，身材高大，和丁伯伯很般配。他们的女儿叫丁炎，父母说她很懂礼貌，我觉得她很好看。他们回国大概是1956年底，那时从国外回来的人很少，而丁伯母据说原来是在联合国工作的，使我肃然起敬，虽然我不清楚联合国是什么。随后的一个轰动事件是她带回来的行李终于运到了，这件事情我没有目睹，是听朋友们说的。据他们讲，这行李实际上是两间小房子那么大的木箱，开箱的时候吸引了宿舍区的许多观众。箱子能够一层层打开，每开一层就像变戏法一样出现了各式各样的东西，包括各种家具，箱子里的箱子，

丁声树全家（由左至右：关淑庄、丁炎、丁声树）

甚至还有一架钢琴。后来听说丁伯伯的单元房装不下这么多东西，就在城里找了个院子住。

　　让我和姐姐特别兴奋的是，丁伯母带回的大箱子里有父亲回国时存在她那里的一个小皮箱，这次也带回来了。其中的两样东西给我留下最深刻的印象：一是印着一个带翅膀小天使的生日卡，里面是父亲的字迹，写的是"我要宝宝快快长大"。他说本想在我三岁生日前寄回国，但局势不稳没有寄成，一晃已经是七八年时间。我难得看到父亲如此温情的一面，因此既好奇也有点不习惯。另一件东西是装在一个漂亮盒子里的一对"桥牌"扑克，一红一蓝，不是纸做的，而是亮晶晶的塑料，颜色特别鲜艳。最奇特的是每套背面是个穿游泳衣的美女明星，引起少年时的我的不少遐想。父亲是个桥牌高手，有时请朋友来家里玩牌会拿出这两套扑克，我学会打桥牌后也参加了这种聚会。这对扑克牌的消失是在1966年6月，母亲让我把它们和其他一些"四旧"拿到外边扔掉。我采用了最简便的方式——走出胡同口，像体育课里扔手榴弹一般把它们远远投进了后海中心。

我上中学后就很少见到丁伯伯了。听说他在"三年困难"后入了党，有点儿"左"。我听到这个一点都不惊奇，因为我从来就知道他是那种特别单纯的人，一旦相信什么就会百分之百的相信，不带一点犹豫和虚假。有关他严于律己以致"木讷"的故事很多，比如他出行从来不要单位派车，久而久之和家门口的13路公交车结下缘分，不但帮助维持秩序而且照顾残疾人或孕妇上车，以致受到汽车车队的多次表扬，被誉为"模范乘客"。还有他从20世纪50年代起就不断要求降低工资，"三年困难"时期拒绝政府发给专家的特殊副食供应，以后社科院学部委员的津贴和人大代表的车马费也不领，甚至文章和词典的稿费也拒绝收，但对支援国家和帮助年轻人则极为慷慨。他的这种性格我从小时候就知道了。

我最后一次见他是1980年。听说他身体不好，联系之后去他在三里河的寓所探望。他躺在床上，见到我很高兴。知道我将去哈佛大学读博，他给我上了一堂世界形势课，告诉我报纸上登载的祖国新近成就，告诫我学习是为了国家和人民服务。我安静地听着，脑子里想着那个带我买小人书的丁伯伯。这两个人很不一样，但又是同一个。

朱老丹

> 朱丹（1916—1988），江苏徐州人，原名朱家验，笔名天马、未冉。早年在天津南开大学参加救亡学生运动，建立"中华民族解放先锋队"，组织铁流文艺社和天津漫画协会。1936年加入中国共产党。因参加"一二·九"运动被开除学籍后转入南京国立中央大学艺术系，成为中大和南京市抗日救国联合会领导成员。抗日战争开始后到山西前线从事文艺工作，1939年到达延安，担任西北文艺工作团副团长。抗战胜利后随东北工作团到东北，筹备组成东北画报社并担任社长。全国解放后担任《人民画报》第一任总编辑。以后在新闻摄影局、人民美术出版社、中央文化部艺术局、中国美术家协会、美术研究所、中央美术学院担任领导工作，并筹备建立中国画研究院。生前为全国文联委员、中国书法家协会副主席。编导动画《瓮中捉鳖》，著有诗集《诅咒之歌》《朱丹诗文选》等。（据《百度百科》）

"朱老丹"是我朋友周七月叫他的方式，我有时候随着这样叫，更多时候叫他朱丹伯伯。后来他在打倒"四人帮"后当了中央美术学院领导，我也回到同一学校做研究生，但还是如此称呼。

开始和他交往是在 1964 年至 1966 年那个时期，当时我刚刚进入中央美院美术史系学习，和校内外几个年轻人结成了一个有点类似沙龙的小圈子，常凑在一起欣赏西方美术、音乐和文学。同班同学张郎郎是把这个圈子联系起来的中心人物，我通过他认识了周七月、吴尔鹿、董沙贝等人，具体情况需要另文介绍。七月的父亲是文化部副部长，母亲是著名歌唱家，东方歌舞团团长。他住在朝阳门内大街的"文化部大院"里，同院有很多文化界名人，包括历届文化部部长以及著名文学家、音乐家和电影导演。认识七月以后我就三天两头去他那里，因为文化部大院离美院只有十来分钟的骑车距离。去那儿的目的主要是为了听音乐——他家有不少唱片，特别是声乐方面的。我自己也有个唱片收藏——当时八面槽的外文书店二楼还卖外国唱片，虽然主要来自社会主义国家，但内容则包括西方古典到印象派音乐等各种流派的经典作品。我把所有能省下来的钱都用来买唱片，两三年下来也积蓄了不少，平日放在七月那里，因为那里有唱机。由于他父母的关系，在他那儿也能读到内部出版的"黄皮书"，在《书的记忆与记忆中的读书》那篇中曾有提到。

虽然我们这群朋友是被彼此的相同兴趣吸引到一起，从未考虑各自家庭之间的差别，但一些具有革命背景的父母却有不同的看法。特别是在 20 世纪 60 年代初山雨欲来风满楼的氛围

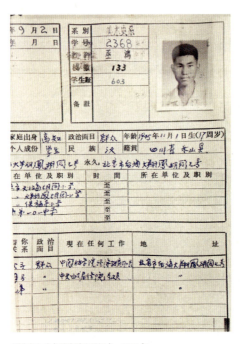

巫鸿中央美术学院学生登记卡，1963 年

中，他们更为自己的孩子担心，生怕他们会受资产阶级思想侵蚀，"走歪了路"，影响了前途。孩子的朋友在他们眼里因此也自动分为两类：一类是延安时代老战友、老朋友的后代，即使有些毛病也属于自己人；另一类则出自资产阶级家庭，很可能会给自己孩子带来不良影响。我自然属于后者——不但我的父母都是在西方帝国主义那里受的教育，而且母亲在 1957 年被定为戏剧界大右派。虽然她在 20 世纪 60 年代初摘掉了帽子，但名声在外，我知道一些朋友的家长告诫他们最好不要和我来往。

在这里提供这个背景，是因为不如此不足以说明朱丹伯伯的特殊：他虽然也是个老革命——从组织学生运动到参加延安和东北的抗战文艺队伍，资历无可挑剔——但却从没有让我产生过一丝一毫的另类感觉。最后他还帮我洗清了"文革"中的蒙冤，使我可以无所牵挂地重新起步。

朱丹伯伯给人的第一感觉是块头很大，但相处久了就会发现主要是他的头特别大，圆乎乎的，上面有些稀疏的头发。他的脖子好像有毛病，因此总是有点歪着脑袋，从下往上有点好奇地看着你。开始在七月那里见面的时候我做过自我介绍和礼节性寒暄，但一个偶然机遇使我和他更为接近。一天我在七月那里待的相当晚，可能由于美院大门已经关了，只能在外求宿。住在七月家里不太方便——我的频繁来访已经引起他父母的疑虑目光。七月说他去问问同一院中的朱老丹，当时他一个人住。他回来说老丹欢迎，我就去了。那是间不太宽敞的单元房，里面只有一张单人床。他说没关系，我们可以竖着睡，每人脚底下摆个椅子。

那晚两人睡得居然都不错，第二天早上起来随便聊天，他就问我在美院学美术史，对什么艺术品有兴趣，看什么书之类。就这样我开始和他说起我对希腊雕塑和米开朗琪罗的狂热，还有像《战争与和平》《约翰·克里斯朵夫》《麦田里的守望者》这些书籍。我肯定没有把他当作文化部艺术局前领导或美术研究所前所长，不然肯定不会和他说这些。我那时候的性格相当

朱丹

自闭，在任何权威人士面前都非常拘束。和朱丹伯伯能够谈起
这些个人爱好，说明我从直觉上感到他不是那种通常的领导，
而他也确实没作任何评论，大部分时间就是颇有兴趣地听。这
使我更加无所忌讳，再去找他时把临摹的帕特农神殿雕像和一
篇在系里受了批评的文章给他看——一个"革命教员"认为这
篇谈文艺复兴以来西方美术的习作是充满资产阶级个性解放情
调的毒草。他读了之后不置可否地说："想得很广啊！"对我已
是极大的鼓励。另一次他说："巫鸿、巫鸿，叫'巫宏'吧，宏
大的宏。"他没有解释我也没问，但后来总在捉摸他的意思，不
知不觉也希望真能"宏大"一些。

　　那都是 1966 年以前的事情了。"文革"中我们这群朋友

巫鸿和美术史硕士班同学（从左起为杜哲森、王珑、刘曦林、薛永年、巫鸿、邓惠伯、王宏建、令狐彪、刘龙庭、李铁），1979年

都受到了冲击，老一辈人更不在话下。我与朱丹伯伯再次相遇已在十几年之后：我于1978年返回重新开放的美院，进入"文革"后第一届美术史硕士班学习，而他在半年前被任命为美院领导小组组长，主持"文革"后"拨乱反正"、重建美院的工作。那一段他成了美术界的大忙人，除了担任美院过渡时期领导之外，还是中国画研究院筹备组组长、中国美术家协会筹备组副组长，以及文化部文学艺术研究院硕士生导师。在美院校园里见到他，他还是笑嘻嘻的老样子，让我去家里看他——那时他已经搬到北京东南角的双井新区。去了以后他给我看他写的书法——他说他这十来年的最大收获就是有机会重新学写字。他还告诉我他正在编一本叫《历代反诗选》的书，说毕哈哈大

笑。我面前的他不但没有丝毫衰老，而且多了一分原来没有见过的豪迈和锐气。

他送给我的一幅字现在已经找不到了，但他给我的另一份礼物至今仍使我受益。那是在1979年，院办的一个熟人告诉我说朱丹代表美院领导小组，责令将"文革"期间造反派和工宣队判处的"反革命学生"全部平反，所整理的材料全部销毁。这个熟人说当讨论到我的时候，人事处行政人员说巫鸿的档案材料数量巨大、内容复杂，是否需要谨慎对待。朱丹拍案而起："什么巨大复杂，都是害人的东西！烧！"

我说我至今仍受惠于这份礼物，是因为如果继续背着这个秘密而沉重的包袱的话，我也许会通不过审查，不可能在翌年去哈佛大学读书，此后的一切也都难以估计。我深知朱丹伯伯的愤怒并非只是由于当事人是我——一位他认识的青年学子，而是因为他又一次面对自己从年轻时起就与之斗争的邪恶。老一辈中很多人由此参加了革命，但他是极少保持了这种疾恶如仇初心的前辈，而我也因此受惠。

俞伟超

俞伟超（1933—2003），祖籍江苏江阴，著名考古学家。1954年北京大学毕业后分配至中国科学院考古研究所工作。1957年回北大攻读研究生，毕业后留校任教，历任讲师、副教授、教授、系党总支书记、校学术委员会委员。1985 年至 1998 年任中国历史博物馆馆长、学术委员会主任、三峡建设委员会文物保护组组长、国家文物委员会委员、国家文物局考古专家组成员、中国考古学会副理事长、保利艺术博物馆名誉馆长等职，兼任北京大学、中国科技大学、南开大学、南京大学等高校的学术委员和兼职教授。俞伟超对考古类型学、考古地层学、文化因素分析、考古学文化论、周代用鼎制度、古代公社组织、楚文化、汉文化、羌戎文化等方面的研究均有独特见解，在考古学理论建设、田野发掘、多学科综合研究等领域也有突出成就，被誉为"新考古学派"的开拓者。（据《百度百科》）

20 世纪 80 年代初的哈佛大学迎来了中国大陆的第一批访问学者，张光直先生领导的中国考古专业走在最前面。考古专业所在的人类学系和哈佛燕京学社作为联合邀请方，首先请来了北京大学的邹衡教授，从 1983 年 1 月到 8 月在哈佛访问。他参加了我们的研究生课——记得我为该课写的论文是《中国早期青铜钟铙研究》——并在每周一次的学术座谈会上发表了题为《商文化的起源和发展》的讲演。随后来的是同校的俞伟超教授，从 1983 年 8 月到下一年 3 月在哈佛访问。我当时已经修完课，因此只听了他的两个讲演，分别是《中国东周时期各文化渊源的探索》和《中国古代都城的发展阶段性》，感到他的观点和当时国内以分类分期为主的考古研究不太一样，而与张光直先生考虑问题的方式比较接近。

俞先生到达之前我们已经知道他是位传奇人物，主要的事迹是他在 20 世纪 60 年代的两次未遂自杀。我所听到的版本是当时身为北大年轻教员的他，在 1966 年六七月间看到数位老师受尽凌辱，自己也被当作"黑帮爪牙"批斗，悲愤之下在宿舍里触摸电门，被击昏但却未死，丢失了两根食指。随后他又去校园外的火车道上卧轨，被车头前的挡板铲出好远，大片肌肉被枕木刮去。因此当他二十年后成了新型中国考古学的代表之一，真可以说是应了"大难不死，必有后福"这句老话。

他有一个典型知识分子的外表，面孔和身材都属于瘦骨清相类型。我和他谈话时，眼光总禁不住滑到他缺了两根食指的手上——他的手也是瘦长敏感的那种。交谈时他说话声音很轻，有点像是私语，又像是在揭示什么秘密。他到哈佛一段之后，我们的交往开始变得较为频繁。一方面是因为我在此之前就很喜欢他的文章并受到影响，例子之一是 1982 年写的《早期中国艺术中的佛教因素（2—3 世纪）》，可以说是和他 1980 年发表的《东汉佛教图像考》一文的对话。这次和他见面，我格外被他对新知识的兴趣所吸引——他说他访问美国和哈佛的主要目的就是要亲眼看一看西方考古学的现状，思考如何把看到的东西和中国考古实践结合起来。这并非是表面上的宣言，而是贯穿于他在美国的所有言行之中。

俞伟超，可以看到缺指的伤疤

　　俞先生是个爱才的人，对我和其他同学研究的东西很有兴趣。我给他看的第一篇文章是题为《从地形变化和地理分布观察山东地区古文化的发展》的论文，其中建议在分析考古遗存时应该把古代的地形和地理看作是不断变化的因素，其漫长的变迁直接关系到古人的生存方式。引言结尾处写道："我们可以用这样一句话概括以下讨论的主旨：当我们观察人类的活动，不要忘记寄托这些活动的大地。"俞先生很喜欢这篇文章，认为提出了一个把考古学和人类学结合起来的新的观察角度，与他当时致力推广的苏秉琦先生的"区系类型理论"也有内在关系。他因此建议我在国内发表，最后选入苏老主编的《考古学文化论集》第一辑，于1987年出版。在此之后，他又在其主编的

巫鸿和俞伟超在哈佛大学，1983 年

《庆祝苏秉琦考古五十五年论文集》中收入了我的《从"庙"到
"墓"——中国古代宗教美术发展中的一个关键问题》一文，讨
论的是中国古代祖先崇拜中心的变迁与礼制建筑及美术发展之
间的关系。发表后国内学者大多不知巫鸿为何人，有的猜测是
李学勤的笔名。

　　学术上的惺惺相惜进而扩展为私人的友情。在多次见面和
谈话中，1983 年底的一次特别值得怀念。那是一个冬日夜晚，
我带他去哈佛广场电影院看《飞越疯人院》。我已经看过这部电
影——是友人韩倞（Carma Hinton）在我来美国不久之后带我
看的，使我震撼不已。我告诉俞先生说他一定应该看。

　　那个电影院位于一个老剧场内，主要为哈佛学生服务，重
放的老影片收费尤为低廉。我们选择坐在后排，需要时我可以

《飞越疯人院》中的拉契特和麦克墨菲

做些口译和解释。但随后发现无此需要，因为这个电影是个寓言，情节只是寄托思想的虚构。主人公麦克墨菲为了逃避监狱的强制劳动伪装成精神异常，进入精神病院后给这个微型专制社会带来了意想不到的冲击。他向室友提出一些振聋发聩的问题，如他们是否真的认为自己是疯子？为什么不离开自己如此厌恶的所在？精神病院的维护者是护士长拉契特——一位坚持原则、尽职尽责的女性——但她的铁面无私使她成为体制的化身。在她的监督管理下，任何个人的追求都被视为病症，所有治疗者在规则面前都失去了争取正常生活的权利。影片的最后，这些"疯人"中的一些离开了这个地方，但麦克墨菲不在其中——他的存在已化为捍卫人类尊严，挑战专治体制的诉求。

　　看完电影后已是午夜时分。走到空荡荡的康桥街上，我感到虽然俞先生的面部毫无表情，但他的全身都在大衣下颤抖。我说去我那里吧——我当时住在离哈佛广场不远的普雷斯科特（Prescott）街上的一个独室单元。一路沉默地走到家坐下来，过了很久才恢复说话的能力，好像从冰冻中渐渐溶开。那晚我们谈了不少彼此的经历，内容对目前这篇小文过于沉重庞大，如有机会将来再写。他告诉我实际上他在1966年尝试了不止两次自杀，还有一次是在家里的阳台上，但是绳子断了。在那一刻，我们感到自己都是疯人院的幸存者，但许多人没有我们这样好的运气。

他回国前嘱我帮助保管他手边的二百多块美元，大概来自讲课的收入，说如果我有需要的话可以随便使用。七年后我于1991年返国，他已是中国历史博物馆馆长。我们的重逢是在天安门广场旁的博物馆会客厅里，空荡的大厅、硕大的沙发、倒茶水的服务员都使那次见面很不自然甚至有点滑稽。我把装有那二百多美元的信封交给他。他问我是否希望观看博物馆的任何藏画。我想了想，提出梁朝萧绎的《职贡图》，可能是历博收存的最古老卷轴画。

幸而在此之后我得以去他家私访，他已搬到旧鼓楼大街上的小石桥胡同，和我家后海老宅相距不远。他的单元位于一栋典型宿舍楼内，很像我母亲在朝阳区红庙的文化部住房。楼道布满尘灰，室内灯光黯淡，家具也只有简单的桌椅。但这个简陋的环境却消弭了时间和地理的隔阂，把我和俞先生又连在一起。

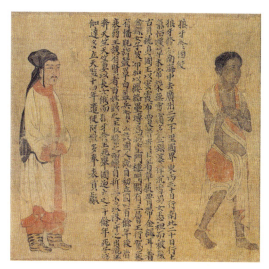

（传）萧绎，《职贡图》，局部，绢本设色，纵 25 厘米，横 198 厘米，中国
国家博物馆藏

以后凡是回国都去看他，所谈大多是关于近日的工作重点和考
古界的学术动向。但我们的谈话从 1994 年起获得了一个压倒一
切的中心，延续到最后一次见面。

这个转折发生于"三峡工程库区文物保护规划组"的成
立，俞先生被任命为组长，由此开始了他生命中最后十年的奋
斗。此前，第七届全国人民代表大会第五次会议在 1992 年 4
月通过了兴建长江三峡大坝的决议。按照计划，三峡水库蓄水
在 2003 年将达到一百三十五米，2006 年涨至一百五十六米，
2009 年竣工时达到一百七十五米。对于考古文物工作者来说，
这意味着必须在此前完成对沿江六百三十二公里受淹区域内全

1994 年俞伟超先生（左二）考察重庆弹子石大佛

部地上地下文物遗存的抢救和保护，否则大水一来，这些遗存将荡然无存。

　　对"文物遗存"有所理解的人会了解这是个难以应付的挑战，因为许多遗存隐藏在地下，如何能保证在十来年中发现和发掘几千年间遗留下来的无数墓葬和遗址？对这个事实不加考虑，轻一点说是对文物遗产的无知，重一点则是对民族文化缺乏责任感。俞先生在当时给我的一篇文章里写道："在我们国家，地下到处有古文化遗存，如果全要保护，势必无法进行工程建设。但如果一味破坏，一个忘掉或者轻视自己历史的民族，一定会性格软弱，精神空虚，没有理想，只知追求物质享受。不要以为得到的物质享受丰富就一定强大、愉快。人所需要的物质享受，如果得到基本满足却被人讥笑为没有文化自尊心，恐怕只会羞耻难忍。"（《三峡地区的古文化》）

当时的情况是，虽然三峡工程已经开始施行，但激烈的辩论仍然方兴未艾，许多知名人士对其可能造成的地质、生态和社会后果表示了严重担忧。俞先生的忧虑则来自对中国历史文化的责任感，在私人谈话中表达的更为强烈，常常是痛心疾首，不可自已。他几次告诉我他正在把整个的辩论过程记录下来，"千秋之下，自有评说"。但另一方面，作为一个有担当的考古学界领袖他又不能仅以批评者的身份置身事外，看着文物遗产丧失。因此他接受了文物保护规划组组长的任命，经过两年勘察于1996年5月制定了三十一册的《长江三峡工程淹没及迁建区文物古迹保护规划报告》，并进而率领全国近百家文物保护机构和数千名文物与考古工作者，争分夺秒地抢救最大量的文物并做好记录，为后代留下科学研究的资料。用他的话就是："我们已别无选择，否则，就将成为人民的罪人、历史的罪人！"

这种两难处境中的责任感使我想起《论语》里的一段对话，其中隐士长沮和桀溺告诉孔子门人子路："滔滔者天下皆是也，而谁以易之？且而与其从辟人之士也，岂若从辟世之士哉？"孔子听到子路的转述后怃然曰："鸟兽不可与同群，吾非斯人之徒与而谁与？天下有道，丘不与易也。"我把这个想法告诉俞先生，他的表情也只能用"怃然"二字形容。

俞先生因肺癌于2003年12月5日病逝。据报道他在逝世前扶病听取了三峡文物保护工作的汇报，之后勉强支撑起身体，倾力说出："祝三峡文物保护工作进展顺利，取得圆满成功。"

费慰梅（威尔玛）

费慰梅（Wilma Cannon Fairbank, 1909—2002），汉学大师费正清（John King Fairbank, 1907—1991）的夫人，是研究中国美术和建筑的美国学者。她生于美国马萨诸塞州剑桥镇。其父沃尔特·B. 坎农（Walter B. Cannon）在 20 世纪初任哈佛大学生理系主任三十六年。她于 1931 年从哈佛大学拉德克利夫女子学院（Radcliffe College）美术史系毕业。1932 年去北京与费正清结婚，在中国期间与建筑学家梁思成、林徽因夫妇等结为好友。1936 年回到家乡马萨诸塞州康桥。1941 年秋费正清被美国政府征召，夫妇二人前往美国首都华盛顿。1942 年 1 月起任美国国务院文化关系司对华关系处文官。"二战"期间丈夫被派往中国，费慰梅在华盛顿工作，直到 1945 年 5 月被派往中国任美国驻华大使馆文化参赞，先在重庆，后来去了南京。1947 年返美后坚持研究和写作。（据《百度百科》）

费慰梅和费正清是小时父母谈话中常提到的名字，用的是二人的英文私名——威尔玛（Wilma）和琼（John）。母亲说虽然我不认识他们但其实有过关系，就在我出生的时刻。那是抗战胜利之后，母亲任教的国立武汉大学尚滞留于成都附近的乐山。当地医疗条件有限，威尔玛——她不久前刚来到重庆担任

20 世纪 30 年代的威尔玛

美国驻华大使馆文化参赞——听说母亲将生孩子的消息，就派了一位医生开着吉普车来接生，但到达时我已健康地呱呱落地。

　　但到了 1957 年之后，二人的名字就再也不被父母提起了，或是只出现在他们的自我检查和交代材料中。当他们再次说起威尔玛和费正清时已是粉碎"四人帮"、中美建交后的 20 世纪 70 年代末，谈到的原因是我被哈佛研究院录取，即将前往父母离别了三十年的康桥去学习。母亲担心我去美国人生地不熟，英文也需要补课，主张我到了以后立刻和"费伯伯和费伯母"（Aunty and Uncle Fairbank）建立联系，并建议我为此准备一件合适的见面礼物。我因此也从故宫博物院同事兼熟人、书法家刘炳森（1937—2005）那里求了一幅字并裱成立轴。

但这个礼物却从未到达"费伯伯和费伯母"手里，原因是到了哈佛之后，我发现自己无法拿起电话或写封短信，按照母亲的建议请他们对我加以关照。此时我对费正清的身份也有了更多了解——他在美国汉学界的地位和在美国国务院的影响使他被称为"King Fairbank"（"费王"）——这是个机智的玩笑，因为 King 是他的中间名。靠着父母的往昔友情去和这位"费伯伯"拉近乎，是我做不到的事情。

因此四五年下来，虽然曾在公共场合见过他们但从未去二人家中访问，刘炳森的那幅书法也在屡次搬家中遗失。最后走进他们在哈佛广场旁的那座黄色小木房，是因为我在自己的学术研究中发现了一个旁人不知或已忘却了的威尔玛。好像是找到了属于我的威尔玛，我感到终于可以走近她，和她平起平坐地谈话和交流。

这个发现起始于一门题为"美术史理论方法论"的研究生讨论课，授课人是詹姆斯·阿克曼（James Ackerman, 1919—2016）教授。他是一位著名欧洲美术史学者和理论家，课上使用的材料自然也都出自西方学术。我从这门课学到很多东西，但也感到西方中心观念的盲点，因此在随后的暑假里写了一篇长文，尝试以一个中国案例来检验美术史方法的发展和演变。这个案例就是著名的武梁祠，我选它是因为中国学者从宋代开始已经对它研究了千年上下，西方和日本学者参与进来也已有百年之久，因此是一个讨论研究方法的佳例。初稿完成后我把它发给了阿克曼教授，很快收到了他的详细点评。他肯定了文章的路子，并建议我继续发展下去，把历史研究和方法论探索在非西方美术史研究和书写中进行有意识的结合。我以武梁祠作为博士论文主题，在一定意义上是受到了这个意见的推动。

论文第一部分是对武梁祠研究史的完整回顾。完成这部分之后我把它发给了威尔玛——通过研究，我发现她竟然是这个千年历史中相当关键的一位学者。在她之前，中外美术史学者们对武梁祠的兴趣集中于独立图像；威尔玛对武梁祠的建筑复原为这个学术传统提供了新的研究基础，把学者的目光引向图像与图像之间的关系。这个发现使我相当惊讶，因为此时我已在哈佛学习了五年，见过很多中国美术史领域中的专家，也听了许多美术史讲座，但从来没有意识到一位对汉代美术研究做过如此重要贡献的前辈学者就在身边，而且竟是和我家有过密切关系的威尔玛。

急忙把她在 20 世纪 40 至 60 年代写的其它文章找来，细读之下对她的敬意越发增长。文章虽然数量不多——一共只有五篇——但内容跨越了商周青铜器到汉代至三国的墓葬美术，最重要的是每篇都提出了独特的观点，对当下讨论仍有意义。除了对武氏祠的重构和对图像"位置意义"的探讨之外，她提出东汉存在着两种并行的石刻画像风格并将其渊源追溯到彩绘壁画和模印画像砖；根据青铜器上的铸造痕迹，她提出合范技术的方法与原理，指出这种特殊技术对青铜器装饰风格具有直接影响。

那么为什么她在 20 世纪 80 年代的美国美术史界默默无闻？甚至在学术回顾中也少有提及？——我把这两个问题提交给同学和老师，包括张光直先生在内，共同的解释是由于威尔玛没有获得过美术史博士学位，因此没有在大学任职的机会。对于森严的学术圈子来说她因此是个局外人（outsider），即使她的学术见解和原创性超越了许多局内人（insiders）。这一发现使我对美国学界的敬仰打了不少折扣，此后也格外留意"局内人士"对她的态度。果不其然，当一位青铜器专家来哈佛作有关铜器合范技术和装饰纹样之间关系的讲演时，他简略地提到威尔玛 60 年代发表的文章，但把她称为"马萨诸塞州居民威尔玛·费尔班克"，而非博士、教授之类。如此措辞无异于说她是个家庭妇女——确实，威尔玛在哈佛主要以"费正清夫人"为人所知。

我决定在论文里——以及在随后出版的书中——为她的贡献正名。以下这段文字引自 2006 年出版的中译本，最早出现在 1987 年的博士论文里：

> 费慰梅（Wilma Fairbank）的《汉代武梁祠建筑原型考》是第一篇系统地配置复原武氏祠堂的文章。此文发表于 1941 年，不久法国汉学家伯希和（Paul Pelliot）把它誉为"'二战'时美国人发表的最有意思的论文之一"。在文章

威尔玛对武氏祠画像石的分组

　　开头，费慰梅便与众不同地提出了一连串的问题："什么是
武梁祠？这个遗址原来是什么样子的？现在四散的石头当初
是如何组合在一起，形成建筑的？它们相互间在建筑尚有何
关系？"对她而言，武梁祠和其他武氏祠堂首先是礼仪建筑。
她没有急急忙忙地直接着手讨论画像石内容，而是集中全部
精力关注祠堂建筑，为进一步的解释做好准备工作。这个基
础就是她所完成的在纸面上重构武氏祠的工作。

她的研究是在极其困难的条件下进行的。例如，由于当时大多画像石都嵌在保管室墙壁上，精确地测量几乎不可能。费慰梅的复原方法是：

1. 首先收集一套优秀拓本，她使用的拓片包括比利时人类学家劳费尔（Berthold Laufer）于 1930 年收集的精拓，哈佛大学福格美术馆所收的两套拓片，以及她自己收集的五张拓片。

2. 把这些拓片翻印为比例统一的照片，然后根据黄易在发掘时所做的分类，把它们分成五组，即武梁祠、前石室、后石室、左石室和其他一些归属不明者。

3. 通过对建于公元 1 世纪山东孝堂山祠（该建筑是唯一保持原状的汉代祠堂）的研究，收集与武梁祠的建筑结构和画像配置有关的材料。

4. 根据各自之间尺寸、形状、构图及雕刻风格的关系，将拓片照片按照比例归类，然后比照同时期祠堂的结构和图像装饰，对这些照片进行建筑配置。

费慰梅所做的工作令人钦佩。除了在武梁祠的结构上肯定了清代学者的看法，她还成功地复原了另外两座在结构上更为复杂的祠堂，即左石室和前石室。她认为这两座祠堂都是两间式结构，后壁由两块大条石上下构成，每座祠堂前方正中有一根立柱，支撑三角隔梁石的前端。不过费慰梅的研究尚未解答一些重要的问题，比如说这两座祠堂的屋顶都未被提及，而她对棘手的后石室的复原也语焉不详。这些悬而未决的问题，在一些稍后学者的研究中得到了解答。

论文其他部分继而总结了威尔玛所做的建筑复原对图像学解释的意义。

可以想见，当我最终走进费家小楼的时候，欢迎我的是一张笑容满面、老朋友一般的脸。此时我和威尔玛已不但是学术上的同志而且是思想上的知己——《武梁祠：中国古代画像艺术的思想性》一书明确立足于威尔玛建立的方法论基础上，继续推进人们对汉代画像的理解。当这本书在 1989 年首次出版的时候，她为之写了一篇感人的前言，追溯了自己与武梁祠的关系，然后翩然引身而退，把我和清代的黄易联系起来。为写这篇前言她对我做了采访，把她觉得有意思的细节写了进去。

以后几年里我们来往甚密，继续发现了彼此之间的许多共同点。比如我们不约而同地把建筑作为美术史研究的中心，因为它既是画像的媒材也提供了观看的原境。我们年轻时也都酷爱绘画并希望成为画家，这种兴趣渗入进各自对艺术品的观察和分析。她把半世纪前在北京画的水彩画拿给我看，我最喜欢的一张是她画的费正清和自己——他在默记汉语单词卡片，她在速写本上作画，窗外是北京绿树间的平房屋顶。

当我的母亲和姐姐在 1988 年来美国看望我和九迪的时候，我们去到被我戏称为"费家庄"的费氏乡间住宅访问，母亲终

威尔玛，《工作之中》，纸本水彩，1934 年—1935 年

于得以与老朋友畅谈几十年里发生的事情。当费正清于 1991 年去世后，威尔玛集中全力完成和出版她为亡友梁思成和林徽因写作的传记——这本书最后以《林徽因与梁思成：一对探索中国建筑的伴侣》（*Liang and Lin: Partners in Exploring China's Architectural Past*）为题于 1994 年出版。在准备此书的过程中，九迪和我帮助她翻译中文材料，拟写她与国内交流的信件。历史好像进入了一个新的螺旋——我们已经替补了两家人友谊中父母原来的位置。

威尔玛和母亲孙家琇在费氏乡间别墅，1988年

威尔玛、姐姐巫允明、费正清与九迪，1988年

怀念杨新：漫长友情中的三个时段

杨新（1940—2020）走了。这以前就听说他的身体不好，去年回国时想去探望，但诸事繁多未能成行。就像过去几十年一样，总觉得他就在那里，见不见都是老朋友，此次不见下次还可以见。但他真的就走了。

我说"几十年"并非虚词——我们首次见面是在五十七年前的1963年，当他作为美术史系的学长之一，在校门口欢迎我们这班刚进入中央美术学院的本科一年级学生。那年由于政治原因，美术史系之外的系都不招生，我们这班十人因此也就是学院新生的全部。美术史系在作为艺术院校的美院中算是新创，当时只有三届：杨新在最高一届，我们是最低一届，中间还有院校调整转过来的一届。我们班是"文革"前美院招收的最后一届本科生，杨新他们却在"文革"之前就已毕业分配，因此重叠时间不长。记得他个子不高但神采奕奕，讲起话来带着湖南

杨新在中央美术学院

口音。听同学说他爱画画，也画得不错，这使我感到和他较为亲近。有一次他到我们班的绘画教室来串门，我们刚完成的人物写生还立在画架上。他一张张仔细看过去，像是参观一个展览，时不时赞上两句。少有的认真态度给我留下很深印象。

　　这种小事在我和他相处的过程里有很多，没有什么特别意义，时间一长也就大都忘却了。突然跃入脑海的另一瞬间是在1984年，那时"文革"已结束近十年，我已经去哈佛读研究生，杨新那年也作为卢斯基金会访问学者，受高居翰邀请去加州大学伯克利分校访学一年。该年初夏我正好得到一笔基金会资助，去美国西海岸参观美术馆、会见同行学人。从西雅图一路开车到伯克利，见到杨新非常高兴，二人彻夜长谈，从这些年的故宫情况到他在美国的所见所闻，当然也有个人的经历。第二天高居翰兴冲冲地召请我们和他的学生去海边游玩。海水极冷，我们两人是"唯二"的下海勇敢分子。进入水中不几分钟，旁边咕嘟冒出一只海狮的圆头，把我们吓回到岸上。

1963 年至 1984 年之间，中国发生了许多重大事件，世界历史也出现了意想不到的转折。对于我和杨新来说，最大的事就是我们被命运抛在一起，在"文革"中和"文革"后的几年间成为"一纸之隔"的两家邻居——这是这篇小文标题中所说"三个时段"中的第一个。我们的住处是北京故宫博物院里称作"十三排"的一溜小院中的一座，灰墙灰瓦，紧挨着紫禁城的高大东墙。人们都认为紫禁城是多么宽敞，很少注意到它的边边角角。十三排和它旁边的小巷就属于这类常人看不到的地方，嵌在紫禁城双层高墙之间的一条狭窄空间里，西边是内宫的红墙，东边是外城的灰墙。每个小院有面阔三间的南房和北房，除了正午一段，大多时间都荫蔽在两边城墙投下的阴影之中。

由于宿舍紧张，我在 1972 年分配到故宫工作后就被直接安置在这里居住。那时的十三排还没有成为后来那样人满为患的职工宿舍。推开吱吱作响的院门，寂静的小院荒草没膝，屋子连玻璃门窗都没有，窗棂上粘贴的高丽纸既挡不住冬日的寒风，也拢不住小蜂窝煤炉发散的有限热量。但岁月轮回，需要住宿

北京故宫博物院内"十三排"

空间的职工越来越多，院方于是进行了适当维修，把南房和北房都打了隔断，各辟作两间宿舍。我家和杨新家被安排在同一小院的同一北房，他占东边，我住西边，居室以纸墙相隔。不用说每天进出时磕头碰面，"隔墙有耳"在此绝非比喻，而是生活的基本条件。

那时杨新已在博物院工作十年，经过"文革"初期的风暴和集体下放的洗礼，算是"老故宫"了。我则仍属于需要教育改造的大学毕业生，甚至还背着一个"解放"不久的反动学生身份，任何运动一来马上成为被注意和监视的对象。进入故宫后我先在书画组，成了杨新的同事，以后转到金石组，但仍是他的邻居。对我们两人之间的关系我能说的一句话是——在那些年中他没有一次让我感到紧张和压力。这在今天听起来没什么特别，但在当时是极不寻常的事情，因为整个社会环境和人与

杨新与老同学聂崇正和他们在故宫神武门内画的毛主席像，1969 年

人的关系都充满了怀疑和高压，从逆境过来的我对此尤其敏感。杨新永远是真实平易的，不论是谈学问、讲故事还是逗孩子，甚至是家中的吵吵闹闹，都透露出他的真诚和与人为善的天性。说起吵闹，这在十三排中是常见的事——每家都有一本难念的经，而我们两家可以说是共享了所有这些让人尴尬的时刻。每次事发时难免不好意思，但积累下来的感觉却是更为亲近，有如大家庭中难免的龃龉。当 1984 年我们在加州大学伯克利分校重新见面，和大家聚餐时回想起那段当邻居的经验，在场诸人都觉得非常有趣，但肯定难以理解其中的酸甜苦辣。

    我想讲的第二个时段需要从 1984 年后推七年，把日历翻到 1991 年。此时杨新已被任命为故宫博物院副院长，我也已经在哈佛大学教了四年书。那正是中美复交后的蜜月阶段，双方都鼓励发展合作项目，似乎都想望着一个更为宽容与和谐的未来。在这个充满理想主义的气氛中，中国国际出版集团得到最高层的支持，与美国耶鲁大学出版社协定出版一套"中国文化与文明"大型丛书，双方延请中美专家系统阐释中国的美术和文化。《中国绘画三千年》是丛书的第一卷，兼负开启这个双边计划和建立基本学术模式的双重任务。（这里我需要插一句：这些天我正受文景的委托，把我为此书撰写的首章改写为一本通俗美术史读物《中国绘画：远古至唐》。我在序言里写道："这本

杨新、巫鸿等著，《中国绘画三千年》，1997 年

巫鸿，《中国绘画：远古至唐》，2022 年

小书源于 1997 年出版的《中国绘画三千年》。该书由中国和美国的六位学者——杨新、班宗华、聂崇正、高居翰、郎绍君、巫鸿——合著，由外文出版社和耶鲁大学出版社联合出版。六人之中，杨新和高居翰已经作古，此书是对他们二位的纪念。")

　　当六位作者于 1991 年首次聚在北京讨论这本书的时候，杨新和我都突然意识到虽然我们已经认识了这么多年，这实际上是我们的第一次学术合作；另外两位中方作者聂崇正和郎绍君也是老同事和老朋友，一起参加这个计划感到特别融洽。六名作者的想法完全一致，都认为除了推进国际学术交流的意义之外，这本书也应该力图改变中国绘画史的传统写作方式。首先是突破卷轴画的范围，把"中国绘画"的概念扩大，在材料上把壁画、屏幛、帖落以及其他类型的图画尽可能包括进来。再有就是把中国绘画史当作一个更漫长的故事来讲：与其是始于魏晋止于清代，应该把中国绘画的历程描绘为从史前直到20世纪末的一个全过程。杨新代表中方为这本书写了前言，开头两句是："中国有句古话，叫作'他山之石，可以攻玉'，意思是比喻借用他人的长处以补自己的不足。在学术研究上，尤其需要互相学习，取长补短。"他并撰写了明代绘画一章，上承高居翰有关元代绘画的论述，下启聂崇正对清代绘画的讨论。编写过程中我和高居翰、班宗华数次回国参观，观看了故宫和其他博物馆的大量名画，我也访问了杨新的新居，和他全家重聚畅谈。今日回想起来，那不但是中美关系中的一个充满憧憬的时刻，也是我和杨新交往中最明亮惬意的时刻。

经过七年时间的写作、修改、翻译和出版，《中国绘画三千年》中、英文版终于在1997年同时面世。英文版不久就获得了"霍金斯图书大奖"——这是美国出版界给优秀图书颁发的最高荣誉。该书也被译成数种文字，为推动世界范围内对中国绘画的了解起到一定作用。杨新作为中方主要组织者和整套"中国文化与文明"丛书的顾问委员会成员，对这个计划的启动和实现做出了重大贡献。

在那之后，他和我的关系就进入了第三个阶段——一种来往不多，但在学术上相互关切并不时发生共鸣的持续状态。两个例子特别反映出这种"以文会友""不期而遇"的精神默契。第一个例子的场合是大英博物馆在 2001 年组织的有关《女史箴图》的学术会议。由于这幅画的盛名和在中国美术史中的关键意义，也因为与会者包括来自中国和西方的不少美术史家，这次会议吸引了相当多的注意力。杨新和我在会前并不知道彼此都将参加，自然也没有交流对这张画的看法。我只是在读到他提交给会议的论文时，才惊喜地发现我们的一个主要观点——一个不同于一般看法的观点——居然相当一致。他的文章题目是《从山水画法探索〈女史箴图〉的创作年代》，全文在当年

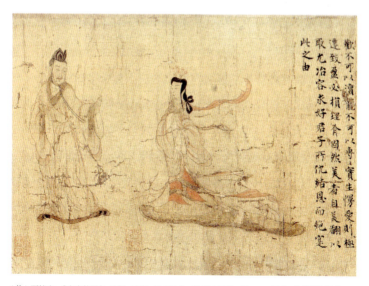

（传）顾恺之，《女史箴图》，局部，手卷，绢本设色，纵 24.8 厘米，横 348.2 厘米，大英博物馆藏

《故宫博物院院刊》第三期发表，英文浓缩本发表于2003年出版的《顾恺之和〈女史箴图〉》（*Gu Kaizhi and the Admonition Scroll*）一书中。我的文章的中文题目是《重访〈女史箴图〉：图像、叙事、风格、时代》，译文发表于《时空中的美术》文集。即使从二文的题目也能马上看到，"年代"或"时代"是我们共同关注的一个重点。熟悉早期中国绘画研究的人都了解，《女史箴图》在西方和日本学界基本被看作是一幅唐代摹本，高居翰在他的《中国古画索引》中也采用了这个意见。因此当两篇长文同时在这个会议上提出需要重新审视这个主流看法、建议这张名画很可能是南北朝时期原作的时候，它们的契合自然加强了这个提案的分量。而且，由于杨新和我的论述方法相当不同，所采用的证据也各自有别，两篇文章可以被看成是互相补充的学术探讨，在研究方法和推论解释上体现出不同的路径。

第二个例子是我们对故宫藏的一组仕女画的研究，再一次显示出这种不经合谋的思想相遇。这是一般被称为《雍正十二美人图》的一组清宫作品——杨新建议改名为《胤禛围屏美人图》，我完全同意。我从20世纪90年代起开始研究这套作品，首次讨论出现在1996年的《重屏：中国绘画中的媒材与再现》一书中，以后在不同文章和书籍中又进行了多次细化和深化。杨新明显也在一直关注这套画，虽然我当时并不知道。只是在读到他的《〈胤禛围屏美人图〉探秘》以及单行本《胤禛美人图揭秘》时，我才意识到他的这个长期兴趣以及为此所做的大量研究和思考。

与《女史箴图》的情况相似，我们二人在研究这套画时的出发点和分析方法并不相同，在结论上也有相悖之处（如对于图中女像是否为真实人物肖像的看法）。但二文在一个关键问题上提出相同的看法，并在论述上相互补充：杨新和我都注意到画中墙上悬挂的题诗全部是雍正自己的书法作品并钤有他的印章，由此也都强调雍正对此画制作的亲自参与和他在画中的隐身在场。但杨新为这个结论提出了一个我此前不知的关键证据：他仔细地查阅了雍正的《世宗宪皇帝御制文集》，在里面发现了画中题诗的对应版本。如《胤禛围屏美人图·裴装对镜》一幅中的女子身后露出一扇屏风，上面用草书写着两首七言诗：

> 寒玉萧萧风满枝，新泉细火待茶迟。
> 自惊岁暮频临镜，只恐红颜减旧时。
>
> 晓妆楚楚意深□，□少情怀倩竹吟，
> 风调每怜谁识得，分明对面有□心。
> （□为被画中佛手遮盖的文字。）

杨新在《世宗宪皇帝御制文集》卷二十六中找到这两首诗的定本：

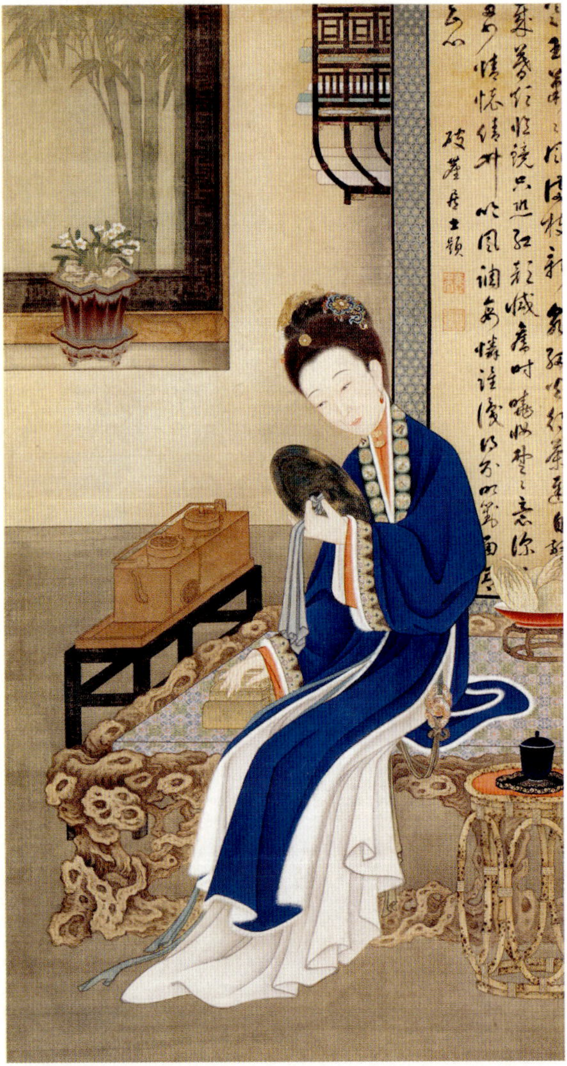

宫廷画师绘，《胤禛围屏美人图 · 裘装对镜》（或《雍亲王题书堂深居图屏》），局部，立轴，绢本设色，纵 184 厘米，横 98 厘米，北京故宫博物院藏

手摘寒梅槛畔枝，新香细蕊上簪迟。
翠鬟梳就频临镜，只觉红颜减旧时。

晓妆髻扦碧瑶簪，多少情怀倩竹吟。
风调每怜谁解会，分明对面有知心。

类似例子也见于"展书"一幅。由于这些诗作在雍正《御制文集》中题为《美人把镜图》和《美人展书图》，在我看来也帮助确定了画中女子作为理想化"美人"的身份。这一通过出版物进行的学术交流促进了我对这套画的认识，在 2019 年出版的《中国绘画中的"女性空间"》里特别提到杨新的贡献。

杨新走了，但他留下来的学术遗产仍在，仍然是我们和他继续进行思想交流的基础。这篇回顾使我意识到，我们近六十年的相识经历是如此贴切地沿循着时代的变化而变化，但时代的潮流和时间的间隔并未掩盖作为个人的杨新的存在——他的面容在我的印象中仍是那样清晰，他的著作就立在身旁的书架上，查阅时伸手就能取下。他因此没有真正离去也不会离去。从校友到同事，从一纸之隔的近邻到不期而遇的神交，我对他的怀念不会消逝，因为这是我们曾经分享过的生活本身。

张光直师，哈佛与我

　　我在做张光直（1931—2001）先生的学生以前并不清楚先生的学问声望。这是因为 20 世纪 80 年代以前的国内学术界基本和外界隔绝，先生的著作在国内鲜有介绍，我无论是上大学还是后来工作的时候也都没有读到过先生的书。1978 年以后重返学校攻读硕士，1979 年与在哈佛大学读研究生的老同学韩倞建立联系，在她的鼓励和帮助下申请了哈佛大学人类学系。从报名到收到录取通知书，从登机到开始在洋学堂上课，一切有如云里雾里，不可思议。当时既不知道哈佛为什么收我，也不知道我是张先生所收的第一名大陆学生。几年之后，先生告诉我他读过我去哈佛以前所写的一篇关于秦权的文章，对其中所作始皇大型石权与二世小权量值不同的观察很有兴趣。

　　现在的留学生大概很难理解经过"文革"浩劫的年轻学子在 70 年代末那种绝处逢生的心情。以我自己来说，虽然 1963

20 世纪 80 年代的张光直

年入大学后十年之久才分配工作，但其间未曾踏踏实实地读上
两年书。先是 1964、1965 年的城乡社会主义教育运动，我们
先被教育又忽而变为教育者，到乡下去"四清"不良干部。回
京后"文革"爆发，不久我沦为学生反革命，"划而不戴，帽子
拿在群众手中"。从牛棚到农场，其间也偷偷摸摸地看看古书、
学学英文。但全靠自己摸索，成效也就可想而知。1972 年落实
知识分子政策，我居然被分配到故宫博物院。开始一年是"站

殿"，即看管和清洁陈列馆。然后进入办公室，从同室的文物专家那里耳濡目染地学了些东西。但政治压力仍在，只是到了1979年以后才被许可用本名发表文章。可是自己也知道这些文章是根基不深的东西，不然世界上何必还要那些孜孜苦学的硕士和博士？

我之所以要写下这些去哈佛大学以前的经验，是因为非此不能说明哈佛和张先生在我生活和学术中的意义。在哈佛我读了人类学和美术史博士，七年的连续学习和写作终于大致弥补了以往治学中的断裂和漏洞。这七年中张先生是我的主要导师，我修过先生的六七门课，做过先生的助教，所写报告、论文的十之七八也都由先生读过评过。但他对我的影响仍远远超出这些具体指导。二十年后的今天回想当时情况，我很清楚是那几年中与张先生的学习决定了我以后治学的基本方向。我这样说也可能有人会觉得难以理解，因为按照专业来说我并不是一个考古学学者，因此没有延续张先生的学科传统。但我自以为我从张先生那里学到的东西比学科的认同更为深刻，牵涉到何为学问、何为学者等根本问题。

到了哈佛几天后就开学上课，和张先生第一次见面谈话的主要内容即是关于选课的方向。他的建议是尽量学没有接触过的东西，不要只拣已经知道一些因此比较有把握的课程学。第一学期我所选的四门课程中，《考古学方法论》是每个新入学研究生的必修课，此外我挑了一门玛雅象形文字，一门印度宗教，还有张先生自己开的《中国考古学概论》。最困难也使我最感兴趣的是《考古学方法论》，不但所学的内容原来全然不知，而且上课的方法也是大开眼界。这门课的教授有两位，学生七八人，围着一张大桌子说话。每周老师布置给每个学生一组不同的阅读材料，常常是厚厚的几本大书，题材则是有关任何时代和地区的代表性考古著作。学生仔细读后，在下周课上对作者的调查和研究方法作口头总结和评价，报告后由教授和其他学生共同讨论。我当时的英文很差（我在中学和大学修的是俄文，从未受过英文科班训练），读得既慢，发言还得事先写出来到课堂上去一个字一个字念，别人所说的也是似懂非懂。课前课后与张先生谈起所读的书和看法，发现他对此既熟悉又有兴趣，常常一谈起来就是一两个小时。以后逐渐成为习惯，每周都要再和张先生上一遍"考古 207"（当时大家如此称那门课）。两个月后，这门课的主教授威廉姆斯（Stephen Williams, 1926—2017）告诉张先生："巫的英文糟透了，但他是个学者（Wu's English is terrible, but he is a scholar）。"张先生听了很高兴。

从此出发，我对理论、方法论的课程产生了特殊兴趣，在随后几年中又修了语言学、美术史、神话学的这类课程，发现各学科虽有自己的特殊问题，但基本解释框架则往往互通。对一种知识框架（如进化论或结构主义）的理解和反思因此可以既是学科性的又是超学科的。当时我也开始系统地阅读张先生的著作，感到他是我所知道唯一一位中国古史专家而能在这个

在哈佛大学读博时的作者

宏观层次上著书立说的学者。他的著作既包括对具体考古遗址和历史问题的研究，也富于对一般考古理论和基本文化模式的讨论。后者的意义往往不限于考古这一特殊学科，而牵涉到文明发展形态以及在研究人类文化时不同学科的关系这些一般性问题。

1981年至1983年间我常常去找张先生谈话。在哈佛教授中，先生的办公室兼书房是少有的大，两大间屋，既用于办公会客，偶尔也作为讨论课的教室，同时又是一座小型考古学图书

哈佛大学皮博迪博物馆，张光直先生的办公室所在地

馆。先生藏书丰富，沿墙而立直达天花板的书架上放满书籍，上讨论课的时候可以很方便地从架上抽出书来查看。当时我初到美国，尚有国内养成的串门习惯，往往敲敲门就走进张先生的办公室。但先生从未告诉我在美国找教授谈话需要先预约，看我进门总是和颜悦色，如果正忙就示意让我等一等。而这种时候我就随便浏览架上书籍或咖啡桌上放着的新到考古书刊。等他办完事或放下电话我们就开始谈话，常常是天南海北，不一定是关于我的学业。先生兴趣很广，对书法艺术很有兴趣和眼力，在古代书家中最喜欢文徵明。我和先生都是金庸迷，但先生谈起其他武侠小说作者也如数家珍。我们谈的最多的当然还是

考古，有时是关于国内的新发现，有时是关于考古学史上的争论，有时则设想将来考古学的发展。从这些谈话中我在张先生身上发现了一个以往不知道的现代学者形象：既对自己专业有极坚实的把握，又不囿于专业的局限，而是对知识本身的构造和发展有着深厚的兴趣。

当时我所读的张先生的著作中包括他早期的《考古学再思》和一至四版的《中国考古》。后者各版的异同不但说明考古资料的累积对研究中国古代文化的决定意义，也反映了张先生自己学术思想的变化（如从重视"时间"到强调"地域"的转变）。但当时对我最有启发的是1980年出版的英文版《商文明》（*Shang Civilization*），其绪论部分在我看来最能体现张先生综合性历史考古研究的精神。在他看来，"商"是一个已消失了的历史存在，讨论"商"也就是对这种存在进行系统发掘和重构。发掘和重构的方法有多种，这篇绪论题为"探索商代历史的五条途径"，就是讲这些方法的。其中四种途径关系到研究材料及处理这些材料的学科和方法，包括历史文献、青铜器研究、卜辞研究和田野考古。第五个途径是理论模式，其作用在于把零散的资料转化为系统的历史或文化叙事。张先生没有把这本书称为《商代考古》，是因为他认为这五种途径对重构商代文明都有极其重要的意义，无法互相取代，而田野考古只是其中一种。我当时极力建议他把这本书在国内翻译出版，他听了很高兴，但是在20世纪80年代初期做这样的事还相当不容易，这部书最

张光直《商文明》及其他著作的中译本

终在 2002 年由辽宁教育出版社介绍给了国内读者。

　　由于先生的影响，我在哈佛学到的重要一点是对方法论的自觉，甚至认为这是现代学术和传统学术的基本分野。我对自己的学生总是强调我们必须同时研究两个历史：一个是作为研究对象的古代史，另一个是我们自身所从属的学术史。我们写的东西总是落脚在这两个历史的焦点上，我们的任何发现发明也都应该对两种史学研究产生意义。这些思想无疑是源于张先生的著作和言教。

　　张先生在我心目中代表了一个现代学者，还在于他对学科机制建设的重视，包括学术机构的合作、学者的互访，以及校内的学术交流渠道等。可以说他在这些方面所花费的时间和心力决不比个人著书立说少。由于 20 世纪 70 年代末以后世界政局的变化，东西方交流成为可能，先生在 80 年代更加积极地发展国际学术合作计划，我在哈佛的学习也因此从一开始就是极为国际性的。和我同年成为张先生博士生的臧正华兄是在台湾受的教育，其他同学包括美国人、美籍华人、德国人、韩国人、日本人等。海峡两岸及香港的资深学者亦不断来访。我记得邹衡和林寿晋二先生作为来访专家参加了张先生教授的一个讨论课，课上邹先生对我所提交的商周青铜钟、铙研究曾给予评语。童恩正先生参加了另一个以地域考古为题的讨论课，我为该课写的论文是后来发表的对于山东史前遗址分布与地形变化关系的讨论。杜正胜先生参加了张先生发起的古代中国系列讨论，宣读了他对西周社会构成的论文。俞伟超先生也是 80 年代初期访问的哈佛，我与他半年密切相处，甚有获忘年交之感。

　　张先生是一位具有深厚民族感情的人，但他的民族感不与实用政治混淆。有时和我谈起学者和政治的关系，他总强调学术应该超越政治，即使知道二者无法全然分离，但学者的义务仍在于信守并发扬学术的独立性。在这一点上张先生确实是身体力行的。他和台湾学术界关系自然很深，但 80 年代以后特别致力于发展和大陆考古界的联系。当时有些在美国的台湾系华人学者对此颇有微言，谓其"亲共"。对此先生对我说："亲台未必就比亲共好，最好是人格独立。"他告诉过我他年轻时在台湾被当作"共党嫌疑犯"抓起来坐监牢的经历，我也告诉过他我在"文革"中的"牛棚生涯"，都是冤狱过来者。在哈佛大学围

张光直（后排右起第四位）与研究生，前排中心为作者，20 世纪 80 年代

绕张先生形成的一个学术圈子主要由研究中国考古和古史的人组成，每人背景各异，观点也不尽相同，但受张先生人格影响，彼此之间的关系从来不是政治性的。我记得我在美国过第一个春节时，张先生请我和臧正华兄去他家过节，先生亲自下厨，整备酒菜。对"文革"中人们相互猜忌陷害的情况尚记忆犹新的我，所感到是一种返璞归真似的自然和温暖。

张先生在海峡两岸、在美国的学术地位都非常高，但他办事从不走上层渠道。在建立国际考古界关系的努力中总是通过与志同道合的学者进行对话和合作。道不同，则不相为谋。为此他也是付出了代价的，20 世纪 80 年代初与童恩正先生一起拟定的中美考古学合作计划就是一个典型的例子。当时他非常兴奋，告诉我说他已经找到充足的基金在中国建立最现代的考古实验室，也争取到美国一些最有权威的考古学家的同意去主持这些实验室和计划中的其他项目。他所兴奋的是通过这个计划，西方数十年发展出来的考古技术和方法可以准确而有效地介绍到中国去。众所周知，这个计划最后因未获批准而流产了。张先生自然是非常失望，后来在回忆童恩正先生的一篇文章中记录了此事的始末。但我从未听到他抱怨自己所浪费的时间和精力（在美国申请资金、联系不同单位学者参加共同研究计划是非常复杂而耗时的工作）。就像是发掘到一个空墓不会使一个成熟的考古学学者放弃考古，张先生对与国内考古界合作的计划是一而再、再而三地进行下去，直到最后的相互理解。

　　我从 1987 年起开始在哈佛大学美术史系任职，由于身处异系，工作也极忙，和张先生的往来反而比做学生的时候少了

张光直（前排右起第三位）与中外考古学者及学生，20 世纪 90 年代

许多，这是我常常引为遗憾的事情。但回想起来，一些片断交谈仍是记忆犹新，这里略举一二。曾记得有一次我访问北京回美国后见到张先生，谈起一到北京，我的那些北京土话就又自然而然地冒出来了，出租车司机都把我当作本地人看待。张先生说起他去中国的时候往往被挡在所住宾馆门口，要求出示证件，只因穿着太"土"了。他开了个玩笑：看来我们都是在国外不管住多少年也变不成"海外华人"的那种人。

另一次是在出席一位研究生的博士资格考试后，在张先生办公室里谈到当时哈佛大学东亚系拟招请早期中国历史教授的事。张先生问我是不是知道什么人，我问他是否能从中国请学者任此职位，因为这样做在哈佛历史上是有先例的。由此我们谈起如哈佛这样的世界第一流学府也可能因为有意无意地采取闭关政策而引起"自身繁殖"、逐渐弱化。虽然聘教授应该考虑英文水准以及能不能教好本科生，但是像哈佛这样的大学应该有更大的雄心和想象力，重要的是需要有意识地引进不同的学术传统，以刺激思想的活跃和对自身研究方法的反思。我们谈到虽然西方的人文、社会研究仍以方法论的严密见长，但近年国内对出土文献的发现和研究也为重新思考古代历史和文化开辟了广阔的新的可能性，如果能聘请在这方面有专攻的年轻学者就更为理想，可以对两方面都有好处。因此我推荐了李零先生。张先生很高兴，说将好好看看李先生的著作。以后听说张先生也确实写信给李先生，鼓励他申请哈佛的这个职位，但由于种种原因这个计划未能继续下去。

张先生是在哈佛读的博士，又在哈佛度过了大部分的教学生涯，其对哈佛的感情是可想而知的。他所最自豪的是哈佛的中国考古专业，认为建立和发展这个专业是他毕生工作的一个重要部分。因此在他的帕金森症逐渐深化，必须退休治疗的时候，这个专业的未来也就成为他所最为牵挂的一件事。在美国从事古代中国研究的人士对这件事也非常关注甚至担忧。不了解美国大学情况的读者可能会对这种担忧不解。以国内大学来说，一是中国考古这门学科决不会因为一个教授的退休而取消，二是像张先生这样有国际声望的学者应该可以在确定自己接班人的问题上发挥影响。但是美国大学的情况则相当不同：一是退休教授并无权力影响下一任教授的人选，甚至在退休以前也往往需要有意回避有关选择下任的讨论以免非议；二是院、系常常调整教学和研究的侧重，因此一个中国学的位置往往可以用来聘请研究上古三代的学者，也可以用来请研究唐宋、明清、甚至现当代的学者，所作出的决定不可避免地会受到院、系领导人学术思想和个人研究领域的影响。

这里我不准备评价这种制度的优劣。但作为张先生的学生，我为先生对哈佛东亚系和人类学系所做处理的失望而失望。张先生的主要任职在人类学系，其位置是"旧大陆考古"，因此可以用来聘请任何从事欧、亚、非洲考古的学者充任。张先生又是东亚系（全名为"东亚语言与文明系"）的兼职教授，主要负责古代中国部分。因此他对自己退休以后哈佛中国学前途的考虑不但涉及了中国考古这个学科，而且关系到对古代中国的整体研究。以下是张先生在 1996 年写给我的一封信，现在发表出来，是因为它如实地反映了先生当时的心境，对回顾这一段历史应有所帮助。但这里我需要作三点说明：一是先生一直极为谦虚，特别是在我和他成为一校同事后就总是以平辈相称，我则始终称先生为师。二是信中所提到的中国美术史教职事，是指我于 1994 年迁至芝加哥大学任职后，哈佛有一段时间无人填补留下的空位。三是信的最后一部分与这段历史关系不大，但为了保持文字的完整性一并录出。信中的英文为原文，括号中的中译为我所加。

　　巫兄：

　　好久没有联系了，未知近况如何？我还是老样子，只是帕金森又向前跨了几大步，不知道还有几步可以走。

　　谢谢你的新书，*Monumentality*（《中国古代艺术与建筑中的"纪念碑性"》）；我还只略翻了一下。看见居然是 dedicated to me（献给我），很是不敢当，我就拿这个当作一个鼓励，再写一本书好了。这个学期是我的最后一个学期，从七月一号正式退休。我的这个位子不一定是教中国考古的人来补，如果没有合适的人接下去，哈佛的中国考古学就断了。中国美术史现在也没人接你。宋代以前，只有普鸣

（Michael Puett）一个人教历史，这是 unacceptable（不能接受）的。但是我已退休，退休以后就没有任何力量影响人事。呜呼哀哉！

听说你要去台湾，可以看看故宫和史语所的收藏，还有好几家私人收藏品，至少要十天才能有整个的初步印象。我在夏威夷散会后，会去台湾几天，大约是四月十五日到二十三日，不知与你有无 overlap（重叠）？

匆此祝近好！

光直 敬上

1996.3.29

信中说到的夏威夷会议是当年的美国亚洲学年会，张先生获得了年会颁布的终身学术贡献奖。我最后一次见张先生是 1999 年在康桥市医院和他的家中，先生已无法自己行动，但仍然坚持坐轮椅去旁听在哈佛费正清中心召开的一个中国古代宗教研讨会。先生退休后，他在人类学系的教职转由一位年轻助理教授担任。但是他一生为学术界所做的贡献，包括他对自己学生身体力行的教导，将不会受到人事变动的影响而永存。

附记：2019 年夏去加州大学洛杉矶分校参加老同学罗泰（Lothar von Falkenhausen）的六十周岁庆祝活动，见到了哈佛

作者在离开哈佛前与张先生（左起第六位）和其他朋友及老同学合影，1994 年

老同学朴洋振（Yangjin Pak），他是张光直先生最后的学生之一，现在是韩国忠南国立大学考古学教授。他在讲话中放了一张相当珍贵的照片——对我来说特别如此，因为这是我离开哈佛去芝加哥大学教书前与张先生及一些朋友和老同学在康桥的最后留影。那个阶段张先生每周和他的学生和来访者在哈佛广场附近的一个小饭馆午餐聚会，畅谈学术研究以及有关的事情。这次留影应该就是这样一次聚会之后，张先生说也算是给我的践行。

照片中的他和我站在前排中间。张先生旁边是我在哈佛的学姐，研究佛教美术的颜娟英，那年从台北回哈佛做访问学者。最右边的是陈星灿，当时也在哈佛访学，现在是中国社会科学

院考古研究所所长。他旁边是曹音，张先生和我的身后分别是
朴洋振和李永迪，三人都是张先生在哈佛的最后的研究生。曹
音现在是澳大利亚悉尼新南威尔士州艺术博物馆中国艺术主任，
李永迪是芝加哥大学东亚语言与文明系考古学副教授。

张光直先生墓墓碑

The Art of Mu Xin

Landscape Paintings and Prison Notes

Yale University Art Gallery | Smart Museum of Art, University of Chicago

"木心的艺术：风景画与狱中手稿"展览图录，2002 年

木心的记忆

　　按：将这篇文章包括在这个集子里出于两个原因，一是它的写作含有回忆的成分，二是讨论的主要是关于木心的记忆。文章起因于 2002 年的"木心的艺术：风景画与狱中手稿"展（The Art of Mu Xin: Landscape Paintings and Prison Notes）。这个展览由耶鲁大学美术馆和芝加哥大学斯玛特美术馆联合举办（国内介绍往往错误地将耶鲁大学美术馆作为唯一组织者），由亚历山大·梦露（Alexandra Munroe）和笔者共同策划。展览在若干美术馆中的数次呈现都极为精致；[1]同时出版的图录也是尽善尽美，不但以同等尺寸复制了木心的一组重要早期小画，而且包含了由梦露、班宗华、乔迅（Jonathan Hay）和我写的文章。对我来说，这个展览完成了十几年前的一个期望和许诺——如我在《木心在哈佛》那篇小文中谈到的。由于我于 1994 年自哈佛大学移教芝加哥大学，离开了美国东海岸，与木心已是近十年未曾见面，最后一次电话长谈也有五年之久，写文章时所思考的他因此常常出现为记忆中的形象。从内容上说，这篇题为"Mu Xin: An Exile Without Past"的文章——中文翻译为《读木心：没有乡愿的流亡者》——所希望揭示的也主要不是真实生活中的木心，而是他通过记忆对自己的想象和构成。此处因此改题为《木心的记忆》，对原译文也进行了一些改写和润饰。

木心是我认识的作家和画家中行踪最难以捉摸的一位。之所以难以捉摸，不仅是因为他的名字此时在大陆尚少有人知——他在中国生活了五十六年，后来又在美国住了二十四年，一直过着隐士般的生活。也不仅是因为他用过一长串的笔名（当然这一点也并非没有关系），以致几乎没有人知道他的真名孙璞。[2] 但我说他难以捉摸的最主要原因，是由于他通过艺术和写作把"隐身"（invisibility）的美学发挥到了至臻。在这种美学中，他的个人经历必须转化为艺术经验才具有意义，而他的艺术经验必须超越常规历史和传记框架才得以升华。虽然木心写作和绘画中的每点每滴都是自己，但这些作品隐藏了而非揭示了他的实际历史存在。

只是在1982年离国后木心才开始出版。一时间台湾报刊和杂志遍载他的散文、短篇小说和诗作，读者们突然发现了不知从哪儿冒出来的一位文学天才，因此当台北《联合文学》杂

木心

志在 1984 年采访他的时候，记者一上来就提出了一个所有人都希望知道的问题："木心是谁？"但这个突如其来的发问并未能诱使木心回顾过去——他安详地引用了法国文豪福楼拜的一句话作为回答："呈现艺术，退隐艺术家。"当被问及最喜欢哪位作家，他说："我的私爱即为博爱。"[3]

这种态度和他的文学写作一致。这些作品避免与特定派别或风格直接挂钩，而是普世性地和东西方文学先驱建铸精神联系。木心几乎从未直面描述"文革"中被关进牢房以及相关经历。这并不是因为他对往事不感兴趣，而是因为他所感兴趣的"往事"远比那些个人的晚近痛苦更强烈有力。因此与其去追述在一个满是污水的遗弃防空洞中受的罪，他更醉心于描写跨越时空的幻想，包括对文明古国和异域城市的神游，或是与古罗马作家佩特罗尼乌斯、魏晋中国诗人庾亮和向秀，以及19世纪俄国文豪托尔斯泰等人的想象对话。他充满灵感的言辞有如出自预言家或心灵感应术士之口；发话的自我既高度个性化又超越历史。这个作为文学构成（literary construct）的木心摆脱了具体的时空约束，只属于抽象化的人类和永恒的存在。

出于同一原因，木心必然拒绝对自己进行学术性的历史分析——这种分析实际上是他竭力希望躲避的东西。这里我不是说研究者应该避免用历史的眼光来看待他和他的作品，我想说的是这种分析只是反映了历史学学者的观点，而不是作为文学家和艺术家的木心的诉求。按照历史研究的观点，我们自然可以把他看作是"流亡作家和艺术家"的一个典型例证——他的每篇文章、每幅画似乎都在表明自我边缘化的游离状态。我们自然也可以认为他继承了古代的"遗民"传统；对这类人，苟延其生命价值的唯一手段是他们手中的笔和墨。通过把木心放入这些宏大历史背景和类别中我们无疑可以对他作出说明，但这样做的代价很可能是把他和他所企求的艺术理想割裂开来。其原因是这样的原境化和历史化将不可避免地摧毁他精心建造的自我虚构，抹杀他赋予自己作品以灵气和生命的那种微妙的模糊性。与致力重构往昔的历史学学者相反，木心的文章和绘画总是有意识地模糊自己的历史存在，总是有意识地超越现实。

　　因此，论者面对的首先是以什么观点和方法来看待和研究木心（以及与他类似的作家和艺术家）的问题：我们是应该把他为自己精心塑造的非历史性形象"历史化"（historicize）和"去神话化"（demystify）？还是应该保留这种自我形象，将思考的重点放在它的建构和内在逻辑上？我曾尝试过第一种方法但最终放弃。[4] 此处我希望沿循第二种道路进行一个实验，发掘木心赋予自己的文学和艺术角色。也就是说，这篇文章的目的不在于区分事实和虚构以发现"真实的"木心。恰恰相反，我的出发点是把他所说和所写的有关自己的一切都看成是真实的他，因为所有这些都构成了他为自己和读者创造的自我。我所设定的任务是搜索这些叙事中的基本线索，把记忆的碎片串成一个完整形象。

§

　　在木心对往事的回忆中，反复出现的一个主题是一个巨大文学集成的失落。这个集成或是一种图书收藏或是一套浩瀚手稿，象征着他作为一名作家的自我身份。它的毁坏因此意味着这种身份在生命中某个特定时刻的失落。此外，按照木心的说法，他从未在事后去恢复或重建这些业已丧失的集成，而是在空白的废墟上修筑起一座新的文学大厦。这些周期失落和重新创造的意义不难理解：木心在这些记忆叙事中构建的，是一名

木心，《辋川遗意》，20世纪70年代

作家所经历的一系列死亡和再生。

这些记忆叙事始于一个确定的起点：木心少年时代频繁光顾的一座图书馆——这个记忆中的圣域把他带进了文学艺术的殿堂。在题为"塔下读书处"的一篇罕见的回忆录体散文中，这座图书馆占据了中心舞台的位置。[5]标题中的"塔"指的是杭州东北不远木心故乡乌镇的一座古迹。根据当地传说，公元6世纪初梁朝的昭明太子在这座塔下——想必是在塔所属的庙里——编纂了宏大的《文选》。一千五百年之后，那座塔已成废墟，古庙也已无迹可寻。20世纪三四十年代，乌镇最出名的文学家是笔名茅盾的中国现代小说家和剧作家沈雁冰，也是木心母系的一位远房亲戚。抗日战争期间乌镇被日军占领，茅盾离家出走，委托他的老朋友黄先生代管老家宅子。木心也就在这段时间发现了这座图书馆：

> 沈家的老宅，我三日两头要去，老宅很普通，一层楼，砖地，木棍长窗，各处暗沉沉的，再进去，豁然开朗，西洋式的平房，整体淡灰色调，分外轩敞舒坦，这是所谓"茅盾书屋"了，我现在才如此称呼它，沈先生不致自命什么书屋的，收藏可真丰富——这便是我少年期间身处僻壤，时值战乱，而得以饱览世界文学名著的琅環福地了。[6]

在这里木心与文学结下了不解之缘。作为图书馆的唯一使用者，他眼里的自己是这个宝地的实际主人。回忆录描写他如何按部就班地浏览这里的书籍，从西方经典哲学和文学作品开始，逐渐读到20世纪的中国长篇小说和剧本。他发现了高尔基和巴比塞亲笔签名的书——那些作家赠送给茅盾的礼物。他也发现了茅盾在传统中国古籍上的批注，为了欣赏"圈点、眉批、注释中的功夫"，童年的木心也就重读了原著。渐渐他对书籍的装帧也产生了兴趣，比较不同版本的样式，发现破损之处就加以修补，不知不觉成了一名书籍鉴赏家。战后木心离开乌镇到上海学习绘画，告别了这座图书馆之后再也没回去过。他在回忆录结束时写道听说乌镇将重建"茅盾图书馆"，他的感叹是："可惜那许多为我所读过、修整装订过的书，历经灾祸，不知所终了。"

但对木心而言，这些书已经成了他自身的一部分，或者说他已将那座图书馆"内化"成为自己。他记忆中的"塔下读书"所产生的最根本影响是：他再也无法将自己和"文人"的自我感觉分割开来。因此当他在另一场合中把他的文学生涯追溯至1941年十四岁时，也就不是偶然的巧合了。也就是在那个时候，在完成每日的传统作业之余，他开始偷偷试写西方风格的诗歌。[7] 而这也正是他埋头阅读那座图书馆里的藏书，包括许多西方风格的诗歌的时候。

当然，他在离开乌镇之后又读了许多书，但是那消失在身后的"茅盾图书馆"对他始终有着特殊的意义，成为他记忆中的一个无时不在的"核"或原点，被之后的经历包裹和延伸。根据他对这些"之后经历"的回忆，他的第一部严肃著作是长篇论文《汉姆莱特泛论》，是1949年他二十二岁时完成的。那篇论文，以及他在20世纪五六十年代所写的许多文章、长短篇小说和诗歌都从来没有得到发表。装订成二十大册，这些手稿在"文革"初期被没收和销毁，读到过它们的人不足十位。以下是木心根据记忆列出的这些销毁作品的清单，仍能使我们一睹作者"百科全书"式的眼界：

论文：《汉姆莱特泛论》

《伊卡洛斯诠注》

《奥菲斯精义》

《伽米克里斯兄弟们》（九篇集）

小说：《临街的窗子》

《婚假》

《夏狄的赦免》

《危险房屋》

《石佛》

《克里米亚之行》

《伐哀尔独唱音乐会》

《罗尔和罗阿》

《木筏上的小屋》

散文：《凡仑街十五号》（一百篇集）

诗：《如烟之姿》（长诗）

《非商籁体的十四行诗》（一百首集）

《蛋白质论》（短诗集）

《十字架之半》（短诗集）

剧本：《进来吧，主角》

旧体诗词：《玉山赢寒楼烬余录》[8]

　　名单中作品数量之浩瀚和文学形式之多样都令人赞叹。我们甚至可以认为它是木心浸研其中的"茅盾图书馆"的内化成果和缩微写照。和"茅盾图书馆"的被毁一样，这些作品的消失同样彻底而野蛮，同是一场没有留下被害人痕迹的屠杀。木心不得不一切从头再来，从一个意想不到的地方开始：一个由防空洞改造而成，他在"文革"期间被单独监禁的地牢。我们现在能够看到的他在1972年所写的一百三十二页《狱中手稿》，可说是他为了保持自己的作家身份所做的生死拼搏的见证。难以想象的是，在那种严酷、被监视的条件下，他居然能在薄如蝉翼的纸页正反面写下了六十五万字，层层叠叠的蝇头小楷几乎无法辨认。在我看来，只有一个真正作家的自我责任感才能解释这些文字的创作，因为除了可能给他带来更加严厉的惩罚之外，这些文字没有任何用处。但是在木心看来，他是在"完成一个天赋的任务：保护和照顾好葡萄藤"。[9]《圣经·约翰福音》第十五章说："吾为真葡萄藤，吾父乃葡萄栽培人，吾不结果之枝皆被吾父截去，结果之枝吾父则精心修之，以期结出更多果子。"

　　就这样，对"读者"的存在无所考虑，木心在这些手记里继续着对绘画、音乐、世界文学以及哲学的讨论。这些探讨的源泉都只存在于他的头脑里——他从乌镇图书馆之日逐渐积累起来的知识财富，这是谁也拿不走的一笔文学遗产。具有反讽意味的是，在他离开地牢甚至移居美国后，这一写作习惯并未改

木心，《狱中手稿》，1972年至1974年

变，正如他在1984年对一位采访者说的：

> 来美国，手头没有书了，全凭记忆来对付，有时四顾茫
> 然，苦笑自己成了"文学鲁滨逊"。少年在故乡，一位算是世
> 界著名的文学家的"家"，满屋子欧美文学经典，我狼吞虎
> 咽，得了"文学胃炎"症，后来想想，又觉得几乎全是那时
> 候看的一点点书，可见我是属于"反刍类"的。[10]

因此当木心在他乡异地开始新的一轮创作，写出洋洋洒洒
的论文、随笔、小说和诗歌的时候，他在内心中却又回到那座
毁灭了的图书馆。不同的是这次他终于能够出版作品了。这个

现实给他带来一种加速创作的紧迫感。依靠着从"记忆中的图书馆"获取的灵感和素材，他争分夺秒地写下一篇又一篇作品。在纽约牙买加区的一幢小寓所里，他日复一日笔耕至夜深，每天写下七千至一万字。[11]1992年是他移居美国的十周年，已经出版了八卷新作。然而这只是他计划完成的百科全书般的"文学集成"的一小部分而已。我最后与木心的一次长谈是在1997年，他告诉我说他计划编写两部巨著而且已为它们准备了多年。第一部名为《巴比伦语言学》，将是一部包括各种文学体裁作品的集子，其长度可能会达到几百万字。第二部是叫作《瓷国回忆录》的一部自传体小说，按计划比《巴比伦语言学》还要长上几倍。他说等他完成这两部书后，他将封笔不再写作。[12]

　　回忆起五年前的这次谈话，我情不自禁地想要拿起电话，问问木心这些计划的进展程度。可是这种询问无异于唐突一个只有木心本人才能进入的私人空间。令人高兴的是，从童明最近对木心的访谈中，我知道了他尚未封笔：

　　　　童：可是有一天你会写回忆录？那时候你会怎么做呢？
　　　　木：我也在等待那一天。我必须等到能把自己当作另一个人的那一刻，等到自我消散的时候。那将会让我非常喜悦。[13]

§

这两句简单的对话把我引回到本文开始处提出的一个想法，即对于作为艺术家和文学家的木心来说，他的个人经历必须是第二位的；他的艺术经验必须超越具体的历史和个人身世。这也就是为什么他需要等到"能把自己看作另外一个人"的一刻才能开始回忆录的写作。这个时刻用他的话说，也就是"自我消散"的时刻。所有特定历史条件所造成的意义只能构成他所说的"第一层意义"，只有凌驾于历史之上的经验才会将文学艺术升华为"第二层意义"。他说："只有当与事物相关的第一层意义淡化消失之后，第二层意义才有可能突现出来。而第二层意义总是更深刻，更接近事物的本质。"[14]

我们因此也就可以理解木心为什么拒绝研究者根据《狱中手稿》的历史背景和他的"文革"经历去理解这份手稿。对于几乎所有西方观察者来说，这份手稿立刻在他们脑海中唤起木心作为一个政治囚犯的形象，在满是脏水的黑暗的地牢里，借着昏暗的煤油灯，挣扎地写下自己的思想。这种形象所体现的悲剧英雄主义与流行历史观念中的纳粹大屠杀这类政治灾难紧密相联。在描写这类灾难的众多小说、戏剧和电影中，幸存者和目击者的双重形象也为塑造的男女主人公提供了一个共同蓝本。因此在有关《狱中手稿》的采访中，童明很自然地采取了这一叙事框架并一再回到有关"政治囚犯"的话题，而木心则

木心，《魏晋高居》，20 世纪 70 年代

固执地抗拒着这种询问的角度。在他看来，尽管这种做法也可能重建历史的事实，但是重建本身却不免落入历史情节剧的熟悉套路：

> 先生，您也许期待着在这个对话里，作者会为这份手稿提供一个浪漫而现实的叙事，可是我却宁愿选择以电影里的"静止"和"淡出"的手法来描述我的态度。先生，我想我们在谈话以前已经同意要"淡化某些时间和空间的因素"，所以您不可能指望这份笔记的作者会交代很多事实。[15]

在更深刻的一层意义上，木心是在拒绝把《狱中手稿》——也就是他自己——看成是一座"废墟"。正如许多学者已经指出的，废墟不仅构成浪漫主义诗歌和美术的一个重要题材，而且在更广的意义上典型化了一种回顾式的美学经验。"废墟"概念的本身隐含着向后凝视的目光以及作为凝视对象的业已消失的整体。因此文学和艺术所描写和描绘的废墟必定需要反映出时间的流逝、湮没和记忆。宇文所安写道："这里，举隅法占有重要地位，以部分使你想到全体，用残存的碎片使你设法重新构想失去的整体。"[16]

木心对这种罗曼蒂克的想象不感兴趣，所以在这一点上他引身避开自己的崇拜者和阐述者。对《狱中手稿》的读者而言，这份手稿不可避免地呈现为一件历史遗物，一份作者受难和挣扎的见证；他们很自然地依据常规的历史叙事在脑中重建起当时的情况和经验。可是木心却告诉我们不要陷入这个陷阱，他宁可我们把这些手稿看成是"一个无名而永恒的概念范围中的独立存在"。[17]他不希望把这些往昔手稿"和任何意识形态挂钩"，[18]也不希望整理出版这些手稿，因为它们一旦脱离往昔就已经失去了意义。（因此他说："辞藻会失去意义并没有什么害怕的，很可能这是一件值得庆祝的事。"[19]）那么这些手稿对他意味着什么呢？他回答说："我们称之为《狱中手稿》的手稿并不是明确意义上的文学作品或书法、绘画，以及某种预言式的符号系统。许多艺术作品可以归为'是什么'那一类，但是这些手稿属于'不是什么'的另一类。"[20]这些话因此甚至否定了《狱中手稿》的历史身份：对木心来说，不管它是什么，它首先不是它看上去的那类东西。

我们也许可以在心理分析理论中找到这种坚持否认个人痛苦经历的原因，特别是对心理创伤及其后遗症的研究让我们思考叙事和叙事本体之间的关系。研究者注意到折磨、暴力、凌辱会使一个人"逃避"心理创伤的记忆，并已提出许多理论来解释这一现象。如"压抑理论"（theory of repression）宣称如果某种记忆里充满了痛苦的感受，这样的记忆在很长时间都可能会被阻挡；而"分裂理论"（theory of dissociation）则提出通过意识的紧缩或分裂，有些记忆会被搁置在一边。这后一种理论似乎更能解释木心的情况，因为它说明了对无法抗拒和逃脱的威胁的一种适应性反应，尽管这种威胁产生于过去的某个时刻。尤其值得注意的是，这种适应性反应常常促使经受心理创伤的人创造有关自己的特殊叙事，以区别于对同一历史事件的约定俗成的叙事或集体性阐释。劳伦斯·J.柯迈耶（Laurence J. Kirmayer）在他《记忆的风景：心理创伤、叙事和分裂》（"Landscape of Memory: Trauma, Narrative, and Dissociation"）一文中说：

> 分裂型叙事的破碎本质（fragmented nature）来自创伤时刻的精神极度集中，也来自创伤时刻以后能够帮助愈合分裂部分的共同社会因素的存在。分裂是叙事的一种破裂但也通过叙事得以维持，因为以分裂为核心的叙事以其特殊形状保护了（既暴露也隐藏了）分裂的断沟。与分裂过程有关的叙事特征包括连贯性、语气和时间，即有关自我的叙事的完整或破碎的程度，具有单一的还是多重的声音，以及叙事时间的流动是前进的，后退的，还是静止的。[21]

对一位具有创造性的作家或艺术家而言，个人化的"分裂性叙事"必定会表现为一种独特的文学或艺术的表达，而这种表达会呈现为对痛苦经历的避免或隐藏。理解这种表达的渠道不是简单地将其放置到一个共同的历史框架中去，而是需要从内部去解析和欣赏这种表达。解析和欣赏的标准既不在于这一

木心，《浦东月色》，20 世纪 70 年代

表达是否省略了或强调了某些事实，也不在于表达的内容是否认同人们对于历史事件的常识性的看法，而在于理解和承认这一表达的价值，把它看作是文学和艺术的创造。

§

虽然木心反对将《狱中手稿》复活，但其中的部分文本已经被翻译成英文出版。我想引用其中的一段来结束本文，不仅因为这段文字与本文中讨论的许多主题吻合，也因为它支持木心的诉求，希望人们把这些文本同其写作的历史环境分开：

"我还没有像我在音乐里所表达的那样爱你"——我突然想起了这句话。现在我在这个牢房里，完全没有办法找到瓦格纳的原文，虽然我相信这和他原来的词句差不多。音乐是通过自身的消失构成的一种艺术形式。因此，在其最深处和本质上，音乐和"死亡"是最接近的。我在四十岁之前没有过写回忆录的计划，尽管卢梭最后的一部作品《孤独漫步者的幻想》给我留下了深刻的印象。屠格涅夫的《文学回忆录》是那么单薄的一个小册子，开始我感到不一定非读不可，没想到它如此引人入胜。至于我自己，我仍然遵循福楼拜的忠告："呈现艺术，退隐艺术家。"[22]

简而言之，木心写这段话的目的不是为了回应现实，而是从现实中升华。

注释

1   除了耶鲁大学和芝加哥大学以外，此展还巡展至夏威夷美术馆和纽约亚洲协会美术馆。

2   木心在 1941 年至 1984 年期间用过的笔名包括：吉光、高沙、裴定、马汗、桑夫、林思、司马不迁、赵元莘、杨蕊、牧心等。

3   编辑部，《木心答客问》，刊于《联合文学》，1984 年 1 月第一期，第 49—57 页。

4   我于 1984 年在哈佛大学策划木心的首次画展之后，木心告诉我香港的一家杂志计划刊登一篇介绍他艺术的文章，建议由我来写。我于是写了一篇题为《木心·梦·隐》的文章，把他和中国传统的"隐居文化"联系起来，又把他的风景画和历史上一些遁世者所想象的"梦境"进行了比较，他很不喜欢这样的联系，所以我始终没有发表那篇文章。

5   木心，《塔下读书处》，载于《即兴判断》，台北，圆神出版社，1988 年，第 7—20 页。

6   同上，第 10 页。

7   编辑部，《木心答客问》，第 50 页。

8   同上，第 59 页。

9   Toming Jun Liu（童 明），"A Dialogue with Mu Xin", in *The Art of Mu Xin: Landscape Paintings and Prison Notes*, Yale University Art Museum and Smart Museum of Art, University of Chicago, p. 141. 原文为英文，此处和以下引文均为翻译。

10 编辑部，《木心答客问》，第 51 页。

11 同上，第 51 页。

12 木心在回答采访时也描述过这两项写作的计划，同上，第 57 页。

13 Toming Jun Liu, "A Dialogue with Mu Xin", p. 142.

14 Ibid., p. 140.

15 Ibid., p. 142.

16 Stephen Owen, *Remembrances: The Experience of the Past in Classical Chinese Literature* (Cambridge, MA.: Harvard University Press), 1986, p. 2. 简体中文

译本：宇文所安，《追忆：中国古典文学中的往事再现》，第2页。

17 Toming Jun Liu, "A Dialogue with Mu Xin", p. 140.

18 Ibid.

19 Ibid., p. 139.

20 Ibid.

21 Laurence J. Kirmayer, "Landscape of Memory: Trauma, Narrative, and Dissociation", in Paul Aantze and Michael Lambek, eds., *Tense Past: Cultural Essays in Trauma and Memory* (New York and London: Routledge, 1996), pp. 173-198. 引文出自第 181 页。

22 Mu Xin (木心), Passages from the *Prison Notes*, transltaed by Toming Jun Liu, in *The Art of Mu Xin: Landscape Paintings and Prison Notes*, p. 127.

图书在版编目（CIP）数据

豹迹：与记忆有关 /（美）巫鸿著. -- 上海：上海三联书店，2022.6（2023.5 重印）

ISBN 978-7-5426-7708-2

Ⅰ.①豹… Ⅱ.①巫… Ⅲ.①散文集—美国—现代 Ⅳ.① I712.65

中国版本图书馆 CIP 数据核字 (2022) 第 062377 号

豹迹

与记忆有关

〔美〕巫鸿 著

责任编辑 / 苗苏以
特约编辑 / 萧　歌　刘　震
装帧设计 / 张　卉
内文制作 / 陈基胜
责任校对 / 张大伟
责任印制 / 姚　军

出版发行 / 上海三联书店
　　　　　（200030）上海市漕溪北路331号A座6楼
邮购电话 / 021–22895540
印　　刷 / 北京华联印刷有限公司

版　次 / 2022 年 6 月第 1 版
印　次 / 2023 年 5 月第 4 次印刷
开　本 / 850mm × 1168mm　1/32
字　数 / 181千字
印　张 / 9.75
书　号 / ISBN 978-7-5426-7708-2/I·1770
定　价 / 108.00元

如发现印装质量问题，影响阅读，请与印刷厂联系：010-87110703